LOS NIÑOS
DE WILLESDEN LANE

Título original: *The Children of Willesden Lane*

1.ª edición: octubre de 2019

© Del texto: Mona Golabek, 2017
Publicado por acuerdo con Little, Brown and Company, New York,
New York, USA. Todos los derechos reservados.
© De la traducción: Jaime Valero Martínez, 2019
© De esta edición: Fandom Books (Grupo Anaya, S. A.), 2019
Juan Ignacio Luca de Tena, 15. 28027 Madrid
www.fandombooks.es

Asesora editorial: Karol Conti García

Adaptación de Emil Sher
Diseño de cubierta: Elsa Suárez
Fotografías de interiores: cortesía de la autora

ISBN: 978-84-18027-00-0
Depósito legal: M-25183-2019
Impreso en España - Printed in Spain

PAPEL DE FIBRA
CERTIFICADO

MONA GOLABEK

LEE COHEN

Traducción de Jaime Valero

LOS niños de Willesden Lane

FAND✱M BOOKS

Este libro está dedicado a los jóvenes lectores de todo el mundo.
Ojalá que la historia de Lisa Jura os inspire
para encontrar la música que habita en vuestro corazón
y el sueño que anheláis cumplir.

Nota de la autora

Mi madre, Lisa Jura, fue mi maestra y mi mejor amiga. Nos enseñó a mi hermana Renée y a mí a tocar el piano. Pero aquellas no fueron simples lecciones de solfeo, fueron lecciones de vida. Mi madre siempre me decía: «Mona, cada pieza musical cuenta una historia».

Durante esas lecciones de piano, mi madre me contó la historia de su vida.

Yo apenas era una niña. Mientras practicaba con el piano, ella me hablaba de unos misteriosos amigos de su infancia y de un viaje en tren que realizó cuando tenía catorce años para escapar de los horribles sucesos que se estaban produciendo en Viena, su ciudad natal. Me contó que la música le dio la fortaleza necesaria para afrontar unos tiempos muy duros y un futuro incierto.

Así que, un día, decidí escribir su historia. Junto con mi colaborador, Lee Cohen, quise compartir esa historia con todos vosotros. Pensé que podría inspirar a los lectores con un mensaje muy importante: «¿A qué te aferras en la vida cuando te enfrentas a grandes desafíos?».

Desde que apareció por primera vez el libro, la respuesta de los jóvenes lectores ha sido apabullante y a menudo muy intensa. «Empatizamos con Lisa y con la violencia que tuvo que afrontar», escribió un estudiante de un instituto de Chicago. Pero ese alumno también dijo que se sintió inspirado por la valentía y la perseverancia de mi madre. «Si Lisa puede hacerlo —añadió—, yo también puedo».

Durante una visita escolar en California, un estudiante me contó: «Aún no sé a qué quiero dedicarme cuando sea mayor, pero este libro me ha ayudado a decidir qué clase de persona quiero ser».

Al igual que mi madre, la protagonista de este libro, espero que tú también descubras la valentía y el rumbo necesarios para ser un héroe en tu propia aventura vital, y que la historia de Lisa te ayude a decidir qué clase de persona quieres ser. Debes saber que, aunque la vida plantea grandes desafíos, tú también puedes hacerlo.

MONA GOLABEK
Londres, octubre de 2016

VIENA, 1938

Capítulo 1

T al y como hacía cada domingo desde su décimo cumpleaños, Lisa Jura se subió al aparatoso tranvía en el corazón del barrio judío de Viena y atravesó la ciudad, en dirección al estudio del profesor Isseles.

Lisa tenía catorce años y le encantaba hacer ese trayecto.

Cruzar Viena era como trasladarse a otro siglo, a la era de los grandes palacios y las majestuosas salas de fiesta. Cuando el tranvía pasó junto a la sede de la Orquesta Sinfónica, Lisa cerró los ojos, igual que muchas otras veces, y se imaginó sentada y completamente inmóvil delante del piano de cola sobre el escenario del gran auditorio. Pudo oír los primeros compases del épico concierto para piano de Grieg. Enderezó la espalda para adoptar la elegante postura que le había enseñado su madre y, cuando la tensión resultó casi insoportable, inspiró hondo y empezó a tocar.

Cuando por fin abrió los ojos, el tranvía estaba atravesando Ringstrasse, el majestuoso bulevar arbolado donde se encontraba el teatro de la Ópera. Esa era la Viena de Mozart, Beethoven, Schubert, Mahler y Strauss, los mejores compositores de todos los tiempos. La madre de Lisa le había llenado la cabeza con sus historias y la muchacha se había jurado a sí misma que conseguiría estar a la altura de su legado.

Con una voz atronadora, el conductor anunció la parada de Lisa. Sin embargo, aquel día la anunció con un nombre extraño y diferente: «Meistersinger-Strasse». Lisa se sobresaltó. ¿Por qué el conductor no habría dicho «Mahler-Strasse»?

Cuando se apeó en la enorme plaza, vio que todos los letreros de la calle habían sido cambiados; los nazis no veían con buenos ojos que una avenida tan importante llevara el nombre de un judío. Lisa se enfureció, pero se obligó a pensar en la clase que estaba a punto de dar, consciente de que, en cuanto se situara delante del piano, el mundo exterior desaparecería.

Cuando Lisa llegó a su destino, se paró en seco. Un soldado alemán, alto e impávido, se encontraba junto al portal del viejo edificio de piedra del profesor.

Lisa acudía al estudio del profesor Isseles desde hacía casi cuatro años, pero esa era la primera vez que veía a alguien montando guardia.

—¿Qué has venido a hacer aquí? —le preguntó el soldado con frialdad.

—Tengo una lección de piano —respondió Lisa, intentando contener el miedo que le producía el rifle negro que sostenía sobre su uniforme gris—. El profesor me está esperando.

El soldado miró hacia la ventana del segundo piso. Había una persona asomada, que le hizo señas para indicar que la muchacha podía subir. A regañadientes, el soldado le permitió pasar.

♪

—Adelante, señorita Jura —dijo el profesor Isseles, que como siempre saludó a Lisa con un afable apretón de manos. Lisa inspiró el aroma del tabaco para pipa del canoso profesor. Durante la siguiente hora, podría olvidarse de todo y entregarse a la música que tanto amaba.

Como de costumbre, no perdieron el tiempo charlando. Lisa colocó la partitura de la sonata *Claro de luna* de Beethoven en el atril, se sentó en la desvencijada banqueta del piano y comenzó a tocar. El profesor se inclinó hacia delante sobre su asiento y siguió los progresos de su alumna con su copia de la partitura.

Lisa pasó la mayor parte de la clase tocando sin interrupción, mientras el anciano permanecía sentado y en silencio. Confió en sorprenderlo sonriendo. Al fin y al cabo, se había aprendido ese primer movimiento tan complicado en apenas una semana, y a menudo le había oído decir que ella era su mejor alumna.

Finalmente, el profesor dejó a un lado la partitura y se limitó a escuchar. Lisa lo miró de reojo y detectó un gesto de aflicción en su rostro. ¿Tan mal estaría tocando?

Al final de la pieza, el profesor no hizo ningún comentario. Se quedó mirando a Lisa un buen rato y después acabó diciendo, visiblemente incómodo y avergonzado:

—Lo siento, señorita Jura, pero me veo obligado a decirte que no puedo seguir enseñándote.

Lisa se quedó perpleja y paralizada.

—Hay una nueva ordenanza —añadió lentamente—. Ahora es un delito dar clase a judíos.

A Lisa se le humedecieron los ojos.

—No soy un hombre valiente —dijo el profesor en voz baja—. Lo siento mucho.

Entre sus lágrimas, Lisa vio que el profesor cogía una cadenita de oro que estaba encima del instrumento. Tenía un colgante diminuto con forma de piano.

—Posees un don excepcional, Lisa, nunca lo olvides —añadió, mientras le abrochaba la cadenita al cuello—. Tal vez esto te ayude a recordar las melodías que compartimos aquí.

Todavía llorando, Lisa miró a su encorvado profesor. Le dio miedo pensar que quizá no volvería a verlo. Después recobró la compostura, le dio las gracias, recogió sus cosas, se dio la vuelta y se marchó.

♪

Un escalofrío recorrió el esbelto cuerpo de Lisa a causa del gélido viento de noviembre, mientras la muchacha se envolvía en su abrigo y se montaba en el tranvía. Se dio la vuelta y vio cómo el profesor Isseles le decía adiós con tristeza antes de desaparecer hacia el otro lado de la ventana.

¿Por qué los alemanes les decían a los austriacos lo que podían hacer y lo que no? Era injusto. ¿Y por qué lo permitían los austriacos?

El trayecto se le hizo interminable, había perdido su magia. Lisa estaba deseando llegar a Franzensbrückenstrasse, donde todos los habitantes de aquel vetusto barrio la conocían como la niña que tocaba el piano. Los vecinos sabían que tenía un don. Escuchaban su música en la carnicería y en la panadería; su música se extendía por todas partes. La calle entera parecía sonreír cuando esa muchachita tocaba. Los vecinos del barrio empezaron a referirse a ella con un apelativo especial: niña prodigio.

La música se había convertido en lo más importante en la vida de Lisa: una vía de escape frente a las calles oscuras, los apartamentos ruinosos, las tiendas y los mercados que conformaban el hogar de los judíos de clase trabajadora de Viena. Y ahora, lo cual era todavía más importante, la música se había convertido en una vía de escape frente a los nazis.

Cuando se aproximó al número 13 de Franzensbrückenstrasse, Lisa redujo mucho el paso, algo impropio de ella. Entró en el salón de su casa y dejó las partituras sobre la banqueta con un gesto que alarmó a su madre.

—¿Qué te pasa, Liseleh? ¿Qué ocurre?

Malka abrazó a su hija y le acarició el pelo. Lisa lloró desconsolada. Malka dedujo lo que había pasado.

—¿Es por el profesor Isseles?

Lisa asintió.

—No te preocupes, ya te he dado clases antes. Volveré a hacerlo.

Lisa intentó sonreír al escuchar la propuesta de su madre, pero ambas sabían que ella había superado hacía mucho las habilidades de su progenitora. Malka se acercó a un armario, sacó los preludios completos de Chopin y se sentó ante el piano.

—Yo tocaré las notas de la mano derecha y tú las de la izquierda —insistió Malka.

—No puedo.

—Toca la música que habita en tu corazón.

Lisa se sentó a su lado para tocar con un compás de 4/4 esos acordes rítmicos y reiterados. Cuando dominó los pasajes correspondientes a la mano izquierda, tomó el relevo de su madre, que la observó con orgullo.

Cuando terminaron, Lisa se fue a su cuarto y se tumbó en la cama para llorar, haciendo el mínimo ruido posible, sobre la almohada.

Al cabo de un rato sintió en el hombro el roce de una mano cálida que la acariciaba con suavidad. Era su hermana mayor, Rosie.

—No llores, Lisa —le rogó.

Finalmente, la muchacha se puso boca arriba y miró a su hermana, que iba muy elegante. Siempre se alegraba cuando Rosie sacaba tiempo para ella, pues, a sus veintiún años, se pasaba la mayor parte del día con su prometido, Leo.

—Venga, deja que te enseñe algo que acabo de aprender —insistió Rosie, agarrándola de la mano.

Lisa entró en el cuarto de baño dando traspiés, detrás de su hermana, y atisbó en el espejo su rostro cubierto de lágrimas. Rosie vació los contenidos de una bolsita de tela y extendió los polvos y las pinturas faciales sobre el tocador del baño.

—Te voy a enseñar una nueva forma de pintarte los labios. Quedarás clavadita a Marlene Dietrich.

Tal y como había hecho muchas otras veces, Rosie le pintó cuidadosamente los labios y los ojos.

Sin previo aviso, su hermana de doce años, Sonia, irrumpió por la puerta.

—¿Qué estáis haciendo las dos ahí dentro?

—Mira a Lisa, ¿no te parece una estrella de cine?

Lisa contempló con entusiasmo su nuevo rostro en el espejo. ¡Parecía cinco años mayor! El sonido de unas pisadas que se acercaban hizo que se quedaran inmóviles.

—¡Rápido! ¡Viene mamá!

Lisa se restregó la cara con agua y jabón, y Rosie se apresuró a esconder los cosméticos, mientras Sonia las miraba y se reía. Rosie rodeó a Lisa con un brazo protector y, durante un rato, la pena por el profesor Isseles se disipó. Las tres hermanas se cogieron de la mano y salieron a saludar a su madre.

Capítulo 2

—¡Lisa! —gritó Malka desde la cocina—. Asómate a la ventana a ver si viene tu padre.

Lisa se acercó a la ventana del apartamento, que estaba en la segunda planta del edificio, y se asomó al patio de adoquines.

—¿Lo ves?

—No, mamá, aún no.

Lisa conocía el motivo de la tardanza de su padre: era ese «lío con el juego» que tanto hacía enfadar a su madre. Se quedaba a jugar a las cartas con algunos hombres del barrio en el almacén de la carnicería del señor Rothbard. Lisa no tenía ni idea de cartas, solo sabía que traían de cabeza a su madre.

Abraham Jura siempre se había considerado «el mejor sastre de toda Viena». Su padre era un hombre orgulloso y elegante que llevaba camisas blancas y almidonadas de cuello alto. Sus clientes habían sido judíos y gentiles por igual. Pero ahora Abraham recibía pocos encargos, y sus clientes de toda la vida iban a verlo cada vez con menos frecuencia. Los gentiles tenían prohibido acudir a sastres judíos. Había un letrero en su tienda que decía «JUDISCHES GESCHÄFT»: Negocio judío.

A veces, después de meterse en la cama, Lisa escuchaba unas voces airadas procedentes del dormitorio de sus padres. Las discusiones eran por dinero, eso sí pudo sacarlo en claro, y parecía que su padre estaba furioso con casi todo el mundo en aquella época. Atrás quedaron las cenas tempranas y los abrazos de oso cuando papá volvía a casa del trabajo y saludaba a su familia.

Con Abraham o sin él, Malka encendió las velas del *sabbat*. Era viernes al anochecer y el *sabbat* estaba dando comienzo. Encendió dos candelas blancas en los candelabros plateados que había heredado de su madre y se dio la vuelta hacia su hija menor.

—Sonia, ¿por qué no nos cuentas lo que significan?

—Una vela es por el Señor, que creó el cielo y la tierra y descansó al séptimo día —respondió Sonia con orgullo.

—¿Y la segunda vela, Lisa?

—Encendemos la segunda porque cumplimos con el *sabbat* y lo concebimos como un día sagrado.

Malka encendió cuatro velas más, una por cada una de sus tres hijas y otra por su madre, Briendla, que estaba en Polonia. Una luz cálida y amarillenta inundó la estancia.

La madre de Lisa tenía la tradición de dar de comer a los pobres durante la noche del *sabbat*, y la gente hacía cola en el vestíbulo una hora antes del anochecer.

Aquella noche, Malka salió a recibirlos y les dijo con tristeza:

—Me temo que esta noche no tenemos nada que compartir.

Lisa estaba estupefacta. Vio cómo esas personas hambrientas se marchaban con gesto abatido y percibió la tristeza reflejada en los ojos de su madre.

Las niñas se reunieron con Malka y comenzaron a cenar sin su padre. Cuando terminaron, su madre acercó la aparatosa mecedora de caoba a la ventana. Se meció lentamente mientras rezaba, sin apartar la mirada de la calle.

♪

Lisa y Sonia se despertaron con unos ruidos muy fuertes. Eran los ecos amenazantes de unos gritos lejanos.

Se enfundaron en sendas batas, se acercaron corriendo a la ventana del salón y vieron que el cielo se había puesto rojo a causa de las llamas de unos edificios incendiados. Entre los gritos se oyó el estrépito de unos cristales al hacerse trizas. Varios soldados ataviados con camisas marrones —las tropas de asalto de los nazis— estaban corriendo por la manzana como si se tratara de una banda de forajidos, arrojando piedras y ladrillos contra las ventanas.

Docenas de vecinos salieron corriendo a la calle. Lisa vio al señor Mendelsohn, el boticario, salir corriendo de su edificio y contempló con horror cómo dos soldados de élite —hombres de las SS— lo levantaban en volandas y lo arrojaban contra el escaparate de vidrio de la farmacia. Lisa oyó sus gritos de dolor, apartó a Sonia de la ventana y llevó a su hermana pequeña de vuelta al dormitorio que compartían.

—¡Métete debajo de la cama y no salgas! —chilló Lisa. Después corrió al pasillo para buscar a su madre. Rosie se había ido a casa de Leo.

—¡Lisa!

Oyó gritar su nombre en la escalera y bajó corriendo. Allí se encontró con su madre, que estaba sosteniendo la cabeza de su padre sobre su regazo. Abraham tenía el rostro ensangrentado y la ropa hecha jirones.

—Solo es un pequeño corte, Lisa, no te preocupes —le dijo su padre al ver la expresión de espanto de la niña.

21

Lisa le agarró de un brazo y la madre del otro, y los tres juntos subieron lentamente por las escaleras. Malka ignoró la sangre que manchaba las sábanas y le limpió las heridas a Abraham con una toalla caliente mientras su marido estaba tendido sobre la cama de madera de cerezo que para ella constituía su posesión más preciada. Lisa extrajo con suavidad las esquirlas de cristal de los pliegues de su ropa.

—Estaba saliendo de casa de Rothbard cuando vi una multitud. Se turnaban para destrozar las ventanas, primero las más grandes, como si se tratara de un juego. Después pintaron cosas horribles en las paredes. «JUDEN!», escribían. «JUDEN SCHWEIN!». Matar a los judíos. Entonces, uno de ellos arrojó una botella llena de gasolina al interior de un edificio.

Lisa escuchó con pasmo el escalofriante relato de su padre.

—Vi cómo sacaban a la gente a rastras de sus casas. Se llevaron sus cosas y las quemaron. Los niños que salían a la calle eran arrojados al suelo. Cuando pasé corriendo junto a la sinagoga, ¡estaban sacando el arca y arrojando los pergaminos y la Torá al exterior para prenderles fuego!

Hizo una pausa para tomar aliento.

—No se oyeron sirenas. Querían que ardiera todo.

Aquella noche sería conocida como *Kristallnacht*, la noche de los cristales rotos.

Se oyeron nuevos gritos al otro lado de la ventana. Corrieron a asomarse y vieron las llamas que salían disparadas de la casa de la esquina, mientras los vecinos formaban una cadena humana para transportar cubos de agua.

—¡Malka, necesito mis zapatos!

La madre no dijo nada, pero entró en el dormitorio y sacó las pesadas botas de su marido. El padre se las ató y bajó corriendo por las escaleras para ayudar.

La aterrada familia se asomó a la ventana. Vieron cómo las hogueras se volvían más grandes a medida que se añadían nuevos libros y pertenencias varias para alimentar el fuego.

De pronto, varios soldados de asalto agarraron a los hombres que se pasaban los cubos de agua y los sacaron a rastras a la calle. Lisa contempló con espanto cómo obligaban a su padre a arrodillarse y restregarse por el pavimento sucio. Los soldados gritaron: «*Schwein, Juden Schwein!*» y les patearon al ver que no se movían con suficiente rapidez.

Malka no pudo soportarlo más. Agarró a sus dos hijas de la mano y las condujo al dormitorio, donde esperaron en silencio a que terminara esa horrible noche.

Capítulo 3

Establecieron toques de queda. Los judíos no podían estar en la calle por la noche y tampoco en cines, salas de conciertos, ni en muchos otros lugares públicos.

Las crueldades de los nazis continuaron. Los soldados prosiguieron sus ataques contra hogares y negocios, y las palizas en la calle se convirtieron en algo habitual. Las tropas de asalto irrumpían en las casas y arrestaban a muchos hombres. Se rumoreaba que los llevaban a campos de prisioneros.

La sastrería de Abraham en la planta baja quedó clausurada por orden del Gobierno.

A sus doce años, Sonia no podía entender por qué estaba pasando todo eso. Seguía yendo al colegio, pero los niños judíos habían sido separados de los gentiles. No tenía permiso para hablar con ninguno de sus amigos que no fueran judíos. El día en que su mejor amiga le retiró la palabra, Sonia llegó a casa llorando.

—¿Por qué, mamá, por qué? —sollozó.

—¿Recuerdas la historia de Purim sobre la reina Ester y Amán? —preguntó Malka, mientras abrazaba a su hija.

La pequeña asintió.

—Hace mucho tiempo, Amán fue el malvado consejero del rey Asuero y quería matar a todos los judíos. Pero el rey se enamoró de Ester, que era una muchacha judía muy hermosa, así que se casó con ella y la convirtió en reina. Entonces, Ester utilizó su influencia para salvar a los judíos.

—Lo recuerdo —dijo Sonia.

—Pues bien —prosiguió Malka—, ahora hay un hombre malvado que es igual que Amán. Se llama Adolf Hitler. Es tan malo como él, pero no podrá hacernos daño si somos valientes y actuamos con sensatez. Debemos tener fe.

♪

Malka le había rogado a su marido que no acudiera, pero él no le hizo caso. Agarró su chaqueta y se marchó a toda prisa. Salió a las calles, negras cual boca de lobo desde que habían destrozado las farolas.

Ya era tarde cuando regresó.

Lisa aguzó el oído para escuchar su conversación.

—Tenemos que hacer algo inmediatamente. Quizá no vuelva a presentarse la oportunidad.

Lisa se levantó de la cama y salió al pasillo. Oyó las palabras «Holanda» e «Inglaterra».

—No dejan que los judíos salgan de Viena —prosiguió su padre—. Pero sí permiten que partan algunos trenes con niños judíos a bordo. Ya se han marchado cientos de ellos. Mis primos Dora y Sid viven en Londres. Puede que esta sea nuestra única oportunidad.

—¿Cómo podríamos hacerlo, aunque quisiéramos?

—El señor Rothbard dice que su esposa se niega en redondo a enviar a su hijo en el tren. Ha dicho que nos cederá su sitio.

Malka tomó aliento con una mezcla de sorpresa y angustia.

—Entonces, ¿me estás pidiendo que me separe de mis queridas hijas?

—Ahora mismo solo hay un hueco libre, Malka, para una única niña. Debemos enviar a Lisa o a Sonia. Rosie tiene más de dieciocho años, así que no puede optar a esa plaza.

Abraham hablaba con un tono de voz desgarrador.

—En cuanto nos sea posible, encontraremos un modo de enviar a las demás.

—No puede ser. ¿Cómo hemos podido llegar a esto? —susurró Malka con incredulidad.

Todo el mundo en Viena hablaba del *Kindertransport*: «el tren de los niños». Lejos de allí, en Inglaterra, ciudadanos británicos —judíos y cristianos por igual—, conscientes de la espantosa tragedia que se estaba produciendo, habían presionado a su Gobierno para traer a miles de niños judíos a Inglaterra, donde podrían vivir a salvo en casas, granjas y albergues. Todas las familias judías de Viena estaban desesperadas por conseguir una plaza en uno de esos trenes, ¡y el padre de Lisa había conseguido un billete!

Lisa oyó unas pisadas cuando su madre salió de la cocina. Malka sonrió con tristeza al ver a su hija.

—Vete a la cama, cielo. Acuéstate.

Lisa le dio un beso a su madre y se fue a su cuarto, donde Sonia estaba durmiendo plácidamente junto a sus muñecas de trapo. Lisa se quedó mirando a su hermana y se preguntó qué decisión tomarían sus padres.

♪

A la mañana siguiente, Lisa estaba leyendo en la mesa de la cocina cuando sus padres entraron en la estancia.

—Hemos tomado una decisión —anunció su madre—. Vamos a enviarte a Inglaterra. Nos gustaría enviaros a todas, pero nos vemos obligados a elegir solo a una. Tú eres fuerte, Liseleh, y cuentas con la música para guiarte... Te enviaremos a ti primero. En cuanto podamos reunir suficiente dinero, enviaremos a tus hermanas.

Entonces Malka rompió a llorar.

Lisa se quedó callada y, aunque también le entraron ganas de llorar, contuvo las lágrimas.

—Hay una organización llamada Bloomsbury House que se encarga de trasladar niños judíos a Inglaterra. Es un país más seguro —dijo su padre.

—¿No podemos ir las dos? ¿No podemos esperar e ir juntas?

Abraham miró con ternura a su hija.

—Sonia será la siguiente en ir y, después, Rosie, Leo, tu madre y yo nos reuniremos contigo. Tus primos cuidarán de ti hasta que lleguemos.

—¿Quiénes son esos primos? —preguntó Lisa.

—Los primos de mi tía. No los conozco en persona, pero tengo entendido que uno de ellos también es sastre. Un sastre de Londres.

Lisa se formó la imagen mental de un hombre apuesto con un traje elegante y un sombrero.

—Entonces trabajaré para él y os enviaré dinero, ya lo veréis.

♪

La salida del *Kindertransport* estaba prevista para la semana posterior a Janucá. Cada noche, la familia encendía la menorá para rezar sus oraciones. No recibieron visitas de amigos porque los judíos ya no podían salir a la calle sin un pase especial.

El equipaje de Lisa llevaba preparado varios días. Apenas cargaría con una pequeña maleta, lo justo para llevar una muda y su mejor vestido para el *sabbat*.

Entonces, una noche, Abraham recibió la llamada: el tren de Lisa partiría a la mañana siguiente.

Lisa se despertó antes que los demás y se paseó por la casa, decidida a recordar todo cuanto amaba. Se detuvo ante el piano y deslizó los dedos en el aire, por encima de las teclas. La partitura de *Claro de luna* estaba encima del piano. No sin remordimientos, la enrolló y se la guardó en el bolsillo. Era un lujo absurdo, pensó, ya que tenía muy poco espacio, pero no pudo contenerse.

Su madre entró desde el pasillo y se puso el abrigo.

—Es hora de irse.

♪

La estación Westbahnhof estaba abarrotada de gente. Lisa no la había visto nunca tan concurrida. Centenares de familias desesperadas se apiñaban, presas del pánico y la confusión, y empujaban sus pertenencias de todas las formas y tamaños posibles hacia el tren que esperaba en el andén. Ante la puerta de cada vagón había soldados nazis con abrigos largos de color marrón que gritaban por unos megáfonos mientras inspeccionaban maletas y documentos.

Cuando el gentío resultó abrumador, la familia Jura se detuvo para la despedida final. Habían decidido que Rosie, Sonia y Abraham se despidieran primero; después, la madre de Lisa la acompañaría hasta el tren.

Abraham había estado cargando con la pequeña maleta de su hija. Cuando se detuvo y se la entregó, Lisa agarró el asa y se quedó paralizada. Sintió que, si todos se apartaban de su lado, se haría pedazos como una figurita de porcelana rota.

Abraham rodeó a Rosie con el brazo, la acercó hacia Lisa, y las dos hermanas se abrazaron.

—No olvides sentarte junto a la ventanilla para que podamos verte —gritó su hermosa hermana mayor para hacerse oír entre tanto ruido—. Volveremos a vernos muy pronto. Sé valiente en nuestra ausencia.

A continuación, Abraham empujó suavemente a su hija menor hacia delante. Lisa le dio un beso a Sonia, se metió la mano en el bolsillo y le puso al cuello el diminuto colgante de oro del profesor Isseles.

—Cierra los ojos e imagínanos a todos juntos dentro de poco... Y guárdame esto hasta que volvamos a vernos.

Entonces Abraham abrazó a Lisa con tanta fuerza que los dos se quedaron sin aire. Su padre estaba llorando, era la primera vez que Lisa lo veía hacerlo.

Finalmente, Malka la cogió de la mano y la guio hacia el andén entre la multitud.

Había una fila de niños que esperaban su turno para subir a bordo. Algunos eran de la edad de Lisa, otros mayores, otros más pequeños, cargados con sus preciados juguetes y muñecas. Sus padres, con los ojos cubiertos de lágrimas, les abotonaban los abrigos, les peinaban el cabello y les anudaban los cordones de los zapatos.

Malka miró a su hija, que era la siguiente en la fila, y la estrechó contra su cuerpo.

—Tienes que prometerme una cosa.

—¿El qué, mamá?

—Tienes que prometerme... que te aferrarás a la música. Prométemelo, por favor.

—¿Cómo podré hacerlo? —sollozó Lisa—. ¿Cómo podré hacerlo sin ti?

Lisa apoyó la maleta en el suelo y abrazó a su madre con fuerza.

—Puedes y lo harás. Recuerda lo que te he enseñado. La música te ayudará a salir adelante. Deja que se convierta en tu mejor amiga, Liseleh. Y recuerda que te quiero.

—Avanza —le ordenó el guardia, mientas le hacía señas a Lisa para que subiera por los empinados escalones metálicos.

En ese momento, Malka le dejó un pequeño sobre a su hija en la mano. Lisa ni siquiera tuvo ocasión de mirarlo. En un abrir y cerrar de ojos, se vio separada de su madre y montada a bordo del vagón.

Después de que la subieran a empellones por los escalones y de que la empujaran por el largo pasillo, Lisa se apresuró a buscar un asiento junto a la ventanilla. El cristal estaba empañado por la condensación de muchas respiraciones nerviosas, así que limpió enérgicamente una porción con la manga de su abrigo. Le pareció ver a su madre y ondeó la mano con todas sus fuerzas para decirle adiós, pero no supo si Malka la habría visto. La llamó a gritos desde el otro lado del cristal, pero su voz quedó eclipsada por un coro de gritos similares.

Finalmente, se oyó un golpetazo metálico cuando soltaron los frenos del tren. El convoy comenzó a moverse y el mundo exterior desapareció entre nubes de vapor y humo.

Lisa se fijó por primera vez en el sobre que llevaba en la mano, el último obsequio que le había hecho su madre. Lo abrió y dentro encontró una fotografía de Malka posando con mucho orgullo. Fue sacada el día del último recital de

Lisa en la escuela. Había algo escrito en el reverso: «*Fon diene nicht fergesene Mutter*». «De parte de la madre que nunca te olvidará».

El tren ganó velocidad y la silueta de los edificios comenzó a difuminarse al otro lado de la ventanilla. Aparecieron los campos nevados mientras la ciudad se iba encogiendo en el horizonte.

Capítulo 4

Lisa examinó los rostros de los demás niños con la esperanza de ver a alguien de su colegio, de su barrio, de su sinagoga. Pero el tren estaba repleto de desconocidos.

Todos los niños llevaban una tarjeta de identificación colgada del cuello. La de Lisa tenía escrito el número 158. El tren hizo varias paradas durante la noche y en cada una subieron más niños a bordo. Los recién llegados se apiñaban en los pasillos y se sentaban encorvados sobre sus maletas. «¡Seremos unos cincuenta solo en este vagón!», pensó Lisa.

Cuando los niños se estaban preparando para reanudar la marcha, se oyeron unos fuertes golpes en una de las ventanillas. Un muchacho mayor se acercó y la bajó para ver qué estaba pasando. Cuando el tren empezaba a ponerse en movimiento, alguien dejó en brazos de aquel muchacho una cesta de mimbre para la colada.

El chico dejó la cesta en el pasillo y se alejó de ella.

Lisa tuvo una sensación que no pudo explicar, una certeza extraña. Cruzó el pasillo, se acercó a la cesta y abrió la tapa.

Ante ella apareció un bebé precioso, envuelto en una manta limpia y profundamente dormido. Un pequeño angelito. Lisa lo cogió suavemente en brazos y lo acunó. Las niñas mayores se apresuraron a situarse a su lado mientras los chicos guardaban las distancias. Se inició una discusión en el vagón.

—¿Qué hacemos con él?

—¿Tiene identificación?

—¿Creéis que tendrá hambre?

El bebé empezó a llorar y a un niño le entró el pánico:

—Como le oigan, nos echarán a todos del tren.

De inmediato, Lisa comenzó a tararear la *Canción de cuna* de Brahms. Fue la primera melodía que se le vino a la cabeza.

Sin embargo, el pequeño siguió llorando. Lisa canturreó desesperada para tranquilizar al bebé, pero fue en vano.

Una chica de dieciséis años se acercó desde el otro lado del vagón y extendió los brazos.

—Yo tengo un hermanito pequeño en casa. Déjame probar.

La muchacha tomó al niño en brazos con destreza y le restregó la nariz sobre la piel. El bebé sonrió brevemente. Todos los que iban a bordo del vagón suspiraron de alivio.

Cuando cesó el llanto del bebé, la chica volvió a meterlo en la cesta y se sumó a Lisa para registrar el vagón en busca de zumo, leche y mantas. Se turnaron para acunar y alimentar al pequeño.

Lisa experimentó una sensación creciente de determinación. «Si me mantengo fuerte —pensó—, podré hacerlo. Lo haré por mamá y papá. Y pronto volveremos a estar juntos».

♪

Se oyó un pitido largo y estridente y el tren se detuvo otra vez. Los niños escondieron el zumo y las mantas y metieron la cesta debajo del asiento de Lisa. Alguien vio un letrero desde la ventanilla.

—¡Está en holandés! ¡El letrero está escrito en holandés! ¡Debemos de estar en la frontera!

Un silencio se extendió por el vagón.

Un oficial ceñudo de las SS avanzó por el pasillo para realizar una última inspección. Fue tachando nombres y números de la lista que llevaba en una tablilla.

Cuando el guardia se detuvo ante la fila de Lisa, todos los niños contuvieron el aliento. Se iniciaron varias conversaciones nerviosas para romper el silencio incómodo que se había asentado en el vagón. El guardia levantó la tapa de la cesta y vio al bebé dormido. Se quedó mirándolo durante lo que pareció una eternidad y después revisó la lista.

—¿No le parece adorable? —preguntó Lisa, interrumpiendo su búsqueda.

Le dirigió una sonrisa radiante, con la esperanza de que eso le distrajera. Canalizó todo su encanto en esa sonrisa. El oficial se dio la vuelta y se quedó mirándola durante mucho rato. Finalmente, sin pronunciar palabra, siguió avanzando a paso ligero por el pasillo. Abrió las pesadas puertas situadas en el otro extremo y desapareció hacia el siguiente vagón.

Cuando el *Kindertransport* cruzó la frontera con Holanda, las luces del interior del vagón se encendieron por primera vez y los niños prorrumpieron en gritos de júbilo. Lisa abrió la cesta y se quedó mirando el bultito que había dentro.

—Ya nadie podrá hacerte daño —susurró.

♪

La luna lucía con fuerza aquella noche. Lisa vio por la ventanilla los molinos que giraban lentamente, igual que en los libros ilustrados que le había enseñado su padre.

Llegaron a Hoek van Holland, el puerto que daba al mar del Norte. El tren se detuvo y una alborotada horda de mujeres holandesas con los carrillos rollizos subió a bordo. Iban cargadas con cestas llenas de gruesas rebanadas de pan recién horneado, mantequilla y galletas pastosas con trocitos de fruta. Una de ellas llevaba en equilibrio una bandeja con tazas de cacao humeante. Los niños olvidaron sus modales y echaron a correr, gritando: «¡A mí! ¡A mí!», mientras devoraban aquellos manjares. Las mujeres holandesas sonrieron al ver sus caritas manchadas de chocolate.

Las recién llegadas discutieron entre ellas acerca del bebé. Un hombre con gesto serio y un brazalete rojo subió al vagón y se presentó. Trabajaba para la Cruz Roja holandesa.

Un grupo de niñas se congregó alrededor del bebé para mirar mientras el enviado de la Cruz Roja daba instrucciones a una de las mujeres para que sacara al pequeño de la cesta. La mujer lo acurrucó contra su pecho.

—Le encontraremos un buen hogar aquí —dijo el señor de la Cruz Roja.

—¿Cómo sabrán sus padres dónde encontrarlo? —preguntó Lisa.

—No lo sé.

Lisa recogió el cesto de mimbre y se lo entregó.

—Por favor, llévese la cesta —le rogó—. Puede que algún día alguien la reconozca. Por favor, guarde la cesta con él.

El hombre sonrió con tristeza.

—Sí, por supuesto —respondió, y se llevó consigo tanto la cesta como al bebé.

♪

Los niños emergieron tímidamente de los compartimentos del tren y fueron conducidos a través de la pequeña estación y a lo largo de una carretera muy transitada hasta el puerto marítimo. Cuando se dieron cuenta de que no había soldados nazis para mantener el orden, algunos chicos se salieron de la fila y empezaron a jugar y a ponerles zancadillas a los niños pequeños que tenían cerca.

Lisa ignoró sus tonterías y miró al cielo cuando oyó el sonoro graznido de una gaviota. El olor de la brisa marina, fresco y vigorizante, le levantó el ánimo.

Un viejo marinero barbudo, ataviado con un chaquetón verde y almidonado, sonreía y les hacía señas para que atravesaran el muelle y subieran por la pasarela.

—Daos prisa en subir a bordo. La próxima parada es Inglaterra.

A la mitad de la pasarela, Lisa se detuvo y se dio la vuelta para contemplar ese tranquilo pueblecito holandés con sus ordenadas filas de techos de paja. No se parecía en nada a Viena. «Dónde acabaremos? —se preguntó—. ¿Habrá un teatro de la Ópera? ¿Habrá una torre como la de San Esteban? No hay tiempo para pensar esas cosas», se dijo y siguió ascendiendo por la pasarela.

Le asignaron la litera de arriba, encima de una chica quejumbrosa de quince años que se mareó con la travesía y lo demostró vomitando sobre su almohada.

Lisa permaneció despierta durante lo que parecieron horas y miró por el diminuto ojo de buey que había junto a su litera.

La luna había desaparecido y resultaba imposible distinguir dónde terminaba el agua y comenzaba el cielo. Pasado un tiempo, el balanceo rítmico del mar la adormeció e hizo que se sumiera en un sueño inquieto.

Soñó con su hogar en Franzensbrückenstrasse. La familia estaba tomando asiento para cenar. Su madre estaba sirviendo sus famosas costillas mientras su padre presidía la mesa, listo para trincharlas. Sonia estaba allí, ruidosa e impaciente, y Rosie también, bella y majestuosa. Había una silla vacía.

—¿Dónde está Lisa? —preguntó su padre.

Desde las profundidades de su sueño, Lisa intentó responder:

—¡Estoy aquí! —exclamó, pero nadie la oyó.

Unas olas verdosas ahogaron su voz.

♪

Por la mañana llegaron al otro lado del canal de la Mancha. El cielo estaba cubierto de nubes grises mientras los niños bajaban en fila india por la pasarela de embarque. Se aferraban con tanta fuerza a sus maletas que cualquiera diría que llevaban dentro sus corazones.

Un hombre espigado con un chaquetón de color azul marino y un bigote de morsa les instaba a darse prisa:

—Hay que coger un tren, no podemos perder un instante. Paso ligero, muchachos.

La fila de niños serpenteó por el centro de aquel diminuto pueblecito inglés. Rodearon la pintoresca plaza mayor y entraron en la estación de trenes.

Estaba amaneciendo y no había nadie levantado, salvo el lechero, que se quedó mirando esa insólita escena formada por más de doscientos niños que recorrían su pueblo a pie.

Lisa pensó que debían de parecer un grupo de alumnos extraviados durante una excursión escolar.

Se dio la vuelta para contemplar el inmenso mar que la separaba de su familia y de todo cuanto conocía.

INGLATERRA, DICIEMBRE DE 1938

Capítulo 5

El tren recorrió la campiña inglesa, dejando atrás vacas y campos de heno, setos y carreteras comarcales. Al rato, los pastos invernales dejaron paso a los barrios periféricos, que a su vez cedieron el sitio a unos edificios de piedra. El tren llegó a su destino: la estación de Liverpool Street en Londres.

Los doscientos niños exhaustos fueron recibidos por un pequeño batallón de gente dispuesta a ayudarlos: monjas, rabinos, cuáqueros, clérigos de todas las confesiones y trabajadores de la Cruz Roja con tablillas sujetapapeles. Los recién llegados fueron puestos en fila en el vestíbulo de recepción, clasificados y contrastados con las listas que había preparado la Agencia para los Refugiados Judíos en Bloomsbury House. Con un «Bienvenidos a Inglaterra, niños, estamos encantados de acogeros», los trabajadores de la Cruz Roja fueron avanzando por la fila. Lisa les mostró sus documentos y su número de identificación y se sintió aliviada al ver su nombre en la lista.

La espera se hizo interminable. Lisa vio cómo la mitad de los niños se marchaba en medio de un revuelo de besos y apretones de manos. Después de lo que parecieron horas, Lisa se acercó a un trabajador de la Cruz Roja que estaba repartiendo galletas.

—Jura, Lisa Jura —comenzó a decir, pero no fue capaz de añadir nada más.

Le habría gustado decir: «Mis primos van a venir a buscarme», pero de pronto se vio incapaz de recordar esas palabras en inglés que había memorizado con tanto esmero.

—Ten paciencia, cielo, estas cosas llevan tiempo. Será mejor que vuelvas a la fila para que puedan encontrarte.

El trabajador de la Cruz Roja estaba llevando a Lisa de regreso a la fila cuando un hombrecillo con un abrigo raído y marrón, que llevaba una foto en la mano, se acercó y habló con ella en yidis.

—¿Lisa Jura? Soy el primo de tu padre, Sid Danziger.

Lisa supuso que le daría un abrazo, pero el hombrecillo se quedó rezagado, inclinó la cabeza ligeramente y le dio unos cuantos dulces ingleses. Le preguntó por su familia y la consoló cuando Lisa le explicó brevemente lo mal que estaba la situación en Viena. Después se aclaró la garganta y añadió:

—Me temo que tengo malas noticias.

Hablaba tan bajito que Lisa apenas pudo oír lo que decía entre tanto ruido.

—Mi mujer acaba de tener un bebé, así que vamos a marcharnos de la ciudad y... eh, a mudarnos a un apartamento de una sola habitación. No hay espacio suficiente. No vamos a poder alojarte, lo sentimos mucho.

Lisa no supo qué decir. Esos eran sus parientes, sus primos, las únicas personas que la conocían en toda Inglaterra.

Cuando el hombre vio el gesto de terror que se dibujó en su rostro, comenzó a balbucear:

—No temas, por favor, he hablado personalmente con la gente de Bloomsbury para asegurarme de que te encuentren un buen hogar... Y lo más importante es que estás en Inglaterra.

Lisa no pudo oír todo lo que decía. Volvió a sentir un ataque de pánico.

—Pero ¿qué pasa con Sonia? —Estaba desesperada. Había fantaseado con la idea de lograr convencerlos para que acogieran también a su hermana pequeña.

—Lo comentaremos con nuestros amigos a ver qué se puede hacer. No somos gente adinerada, lo siento.

Lisa contuvo su decepción. Su madre habría querido que fuera educada con él.

—Gracias por venir a recibirme —alcanzó a decir.

—Es lo menos que podía hacer —respondió Sid Danziger con tristeza. Después, se dio la vuelta y se marchó.

♪

Lisa no dijo una palabra durante el trayecto desde la estación de Liverpool Street hasta Bloomsbury House. La montaron en un autocar enorme junto con las docenas y docenas de niños que no habían sido reclamados.

Bloomsbury House, ese lugar del que tanto había hablado su padre, era un inmenso edificio de piedra situado en el West End de Londres. Tras apearse del bus, Lisa vio pasar ingleses con trajes a rayas y bombines relucientes, igualitos a los de las ilustraciones que había visto en sus libros de la escuela.

Subió por las imponentes escaleras y se sentó con los demás en el vestíbulo. Había niños por todas partes. El timbrazo de los teléfonos resultaba estridente y había gente gritando en idiomas que Lisa desconocía.

Fueron nombrando a los niños, que entraron uno por uno en un despacho para mantener una entrevista. Varias mujeres iban de un lado a otro con bandejas cargadas de sánd-wiches.

A Lisa le resultó curiosa la ocurrencia de meter trozos de pepino entre dos panes y olvidarse de la carne, pero le supie-ron bien a pesar de todo.

—Jura, Lisa Jura —dijo alguien, que la condujo amable-mente hasta un pequeño despacho.

El hombre alto y con una calvicie incipiente que se en-contraba al otro lado del escritorio la miró por encima de sus gafas y le hizo un gesto para que tomara asiento.

—Soy Alfred Hardesty, encantado de conocerte.

Lisa sonrió educadamente.

—¿Cómo te encuentras?

—Muy bien —respondió con la mejor pronunciación in-glesa posible.

—Me alegro. Bloomsbury House es una organización concebida para supervisar a los niños a los que, como en tu caso, hemos ayudado a traer a Inglaterra durante estos tiem-pos de dificultad. Si estás dispuesta a trabajar podrías ganar algo de dinero, además de recibir comida y alojamiento. ¿Te interesa?

—Sí, sí, desde luego.

—Bien. Veamos, ¿qué habilidades tienes? ¿Qué clase de cosas sabes hacer?

—Sé tocar el piano —respondió Lisa con orgullo.

—Vaya, eso está muy bien. Seguro que tocas como los ángeles, pero ¿sabes hacer algo que resulte más útil? ¿Sabes co-ser?

—Sí, sí, sé coser.

—Bien —dijo el señor Hardesty, que marcó una casilla en el formulario que estaba rellenando.

—Tengo una hermana... En Viena.

El señor Hardesty se quedó mirando la larga fila de niños que se extendía ante él.

—Todo a su debido tiempo, señorita Jura —dijo con un suspiro. Después, se levantó para acompañar con gentileza a la insistente jovencita hasta la puerta.

♪

Cuando Lisa llegó finalmente al campo para refugiados de Dovercourt, en Essex, a tres horas al este de Londres, estaba agotada y tenía los pies hinchados. Se trataba de un campamento vacacional para niños que había sido adaptado a toda prisa para dar cobijo a los cientos de jóvenes refugiados que no tenían aún un hogar.

Dormían en camastros dentro de unas cabañas plagadas de corrientes de aire. Lisa se puso el jersey y el abrigo, y se acurrucó debajo de la única manta de lana de la que disponía para protegerse del húmedo ambiente invernal. Le entraron ganas de llorar, pero le daba vergüenza que las demás niñas la escucharan. Todas estaban dormidas. Se obligó a concentrarse en el preludio de Chopin que su madre y ella habían tocado juntas, haciendo revolotear los dedos por encima de las mantas. Antes de que pudiera interpretar con mímica el último acorde, se quedó dormida.

♪

Al día siguiente, asistió a una clase de inglés improvisada y miró por la ventana las filas de coches que se formaron ante la oficina de administración. Hombres y mujeres de todos los estratos sociales entraban y salían del despacho, para consultar las listas e indagar en las historias vitales de los niños.

47

Las chicas mayores eran las primeras elegidas, ya que podrían trabajar y costearse la estancia. A continuación, las parejas sin hijos se quedaban a los niños pequeños y se los llevaban a sus hogares en la campiña. El resto esperaron a que los enviaran a los albergues y orfanatos que se estaban preparando gracias a la labor de cuáqueros, asociaciones judías, parroquias y almas caritativas de toda Inglaterra. Durante el tercer día en el campamento, mientras Lisa participaba en una clase práctica sobre el uso de máscaras antigás, alguien le apoyó una mano en el hombro y le dijo que acudiera a la oficina.

—¿La señorita Jura? —dijo una mujer rolliza ataviada con un calzado robusto—. Tenemos entendido que te gusta coser, lo cual es estupendo, pero también nos gustaría saber si congenias con los niños.

—Tengo una hermana pequeña. ¡Estoy buscando a alguien que me ayude a sacarla de Viena! ¿Me puede ayudar? ¿Conoce a alguien que...?

—Lo primero es lo primero, querida. Tenemos que encontrarte un sitio. Hay un oficial militar muy importante que está transformando su mansión en un cuartel general de protección civil, donde necesitan un poco de ayuda. La señora de la casa acaba de tener un bebé. ¿Qué te parece, querida?

A Lisa le entusiasmó la idea de irse a vivir a casa de una persona adinerada. Se ganaría su afecto enseguida y luego le pediría ayuda.

—¡Adoro a los bebés!

—Decidido, entonces, jovencita. Alguien irá a recogerte mañana a la estación de Brighton.

Por primera vez desde su llegada, Lisa tuvo esperanzas y regresó con paso animoso a la cabaña. Se sentó en la cama, sacó la foto de su madre y la colocó frente a ella. Después desdobló una hoja de papel que había arrancado de su cartilla de lecciones de inglés y empezó a escribir: «Queridos mamá y papá...».

Llenó la carta con pensamientos positivos y frases en inglés con las que esperaba impresionarlos: «Estoy decidida a que no me consideren una *ausländer* —una extranjera— mientras esté aquí. Me esforzaré mucho para ser una niña inglesa de verdad». Después la firmó. Los afables encargados del campamento no habían caído en la cuenta de comprar sellos, así que, después de cenar, Lisa atravesó las dobles puertas de la cocina y se acercó a una limpiadora rubicunda, sonriendo con dulzura.

—Si le ayudo a fregar los platos, ¿me comprará un sello para una carta?

—Por supuesto, jovencita. Hay un estropajo debajo del fregadero.

Lisa agarró un plato y comenzó a frotar.

Capítulo 6

Brighton era una ciudad costera, famosa como destino para las vacaciones de verano en familia. Pero en invierno era otra historia.

La estación de tren estaba fría, desierta y desolada. Lisa se sintió aliviada al ver a un veinteañero fornido que sostenía un letrero con su nombre escrito a mano. Vestía con un uniforme de color azul marino cuidadosamente planchado y una gorra a juego.

—Soy Monty —se presentó.

El joven cogió la pequeña maleta de Lisa y la guio hasta una elegante berlina negra. ¡Un chófer iba a llevarla en coche hasta su hogar inglés! Ojalá su madre pudiera verla en ese momento.

Circularon entre campos de color pardo, hasta que el vehículo abandonó la carretera principal a la altura de un poste de piedra. El letrero decía:

SEÑORÍO DE PEACOCK

Al final del largo camino de entrada se alzaba una inmensa casa señorial, con tres pisos de altura y unas torretas que decoraban las esquinas a derecha e izquierda. Parecía un castillo surgido de un sueño.

Monty condujo hasta la entrada de servicio que se encontraba en la parte trasera. La cocinera, tres criadas y un mayordomo salieron a recibirla.

—Bienvenida al señorío de Peacock —dijo una mujer de aspecto serio—. Yo soy Gladys, y estas de aquí son Lola, Betsy y Carrie. Este buen hombre es el señor Piedmont, nuestro mayordomo. Conocerás al resto del personal más tarde. Pasa, podrás darte un baño caliente y te traeremos té.

Gladys acompañó a Lisa hasta un cuarto pequeño pero acogedor, situado en el ala de los sirvientes, y le dio un uniforme blanco y almidonado de sirvienta. Cuando quedaron satisfechos con su aspecto, la llevaron hasta el despacho donde su anfitrión, el capitán Richmond, y el mayordomo estaban guardando óleos, caballetes y lienzos a medio pintar en unas cajas de cartón. El capitán era un hombre de unos sesenta y tantos años.

—Veo que ya has llegado, señorita. Me alegra tenerte aquí. ¡Dile a Gladys que te trate bien! —Le guiñó un ojo de un modo amistoso a la jefa de las criadas.

—Gracias —dijo Lisa.

—Mi esposa está deseando conocerte. Está de viaje en París, pero volverá la semana que viene. No te preocupes por el estropicio. Voy a cederle mi estudio de pintura a la Guardia Doméstica. Confiamos en que no estalle la guerra, desde luego, pero por si acaso... es mejor estar preparados.

Lisa no supo qué decir, así que se sintió aliviada cuando Gladys le dio un plumero y la guio por la enorme escalinata hasta el salón principal.

—No puedo perder tiempo en explicártelo todo, así que limítate a seguir nuestro ejemplo y mantén los ojos abiertos.

Lisa no tardó en adaptarse a la rutina del caserón. Tenía buen ojo para detectar el polvo que se acumulaba en los rin-

cones y al final de la primera semana Gladys estaba visiblemente impresionada.

—Puede que encajes aquí, después de todo —anunció la
jefa de las criadas delante de los demás sirvientes, durante
la cena.

—Y, viniendo de una mujer tan severa, eso es un gran
cumplido —dijo Monty con una risita. Entonces se agachó y
le dio un beso en la mejilla a Gladys.

Aquel gesto provocó que Lisa se acordara de repente de
sus padres y por un momento la embargaron los recuerdos.
Los ojos se le cubrieron de lágrimas, así que se excusó y se levantó de la mesa.

♪

Aquella noche, Lisa les escribió otra carta a sus padres.
En ella describió el elegante mobiliario y el lujoso entorno.
Mientras redactaba la misiva, se dio cuenta de lo feliz que se
sentía al haberse asentado después de semanas de incerti-
dumbre, así que prometió mostrarse alegre y colaborativa en
todo momento. Se levantó temprano y se puso el uniforme
blanco e impoluto. Para cuando salió el sol, ya estaba afana-
da en su trabajo, frotando suelos, recogiendo carbón y limpiando el polvo sin descanso. Trabajaba con un único objetivo: reunir el dinero que necesitaban sus padres para enviar
a Sonia.

Lisa se enteró de que la esposa del capitán había vuelto
de París cuando escuchó el llanto de un bebé que resonaba
por los pasillos. Entonces, le presentaron a la señora de la
casa, que tenía veinticinco años. Lisa se quedó fascinada con
su elegancia.

—Quiero que seas mi doncella personal.

Lisa se quedó boquiabierta.

—Mi doncella está embarazada y va a dejar la casa. Mañana te enseñará todo lo que necesitas saber. —Ondeó brevemente tres dedos a modo de despedida y volvió a darse la vuelta hacia su tocador.

Lisa recibía su salario todos los viernes y lo metía con orgullo en un sobre muy manoseado dentro de la mesilla de noche donde también guardaba la foto de su madre y la partitura de *Claro de luna*. Los sábados, Lisa acompañaba a Gladys y a Monty al pueblo para comprar provisiones. Las apilaban en una vieja camioneta y, después, ellos se montaban en la cabina y Lisa en la parte de atrás.

Durante uno de esos sábados, se toparon con un atasco tremendo. Lisa asomó la cabeza desde la camioneta para ver qué pasaba: la carretera estaba ocupada por un largo convoy verde formado por camiones y tanques del ejército, que avanzaban tan despacio como un ciempiés. Lisa no había vuelto a ver tanques desde que el ejército de Hitler entró en Viena hacía más de un año.

—¿Estamos en guerra? —preguntó con un hilo de voz.

—Solo se están preparando por si acaso, cielo —respondió Gladys.

Los días especiales, por la tarde, el personal de la mansión accionaba el viejo gramófono con una manivela. A Lisa se le quedaron grabadas esas melodías en la cabeza; le habría encantado poder tocarlas en un piano. A veces tarareaba *Claro de luna* y se imaginaba unos rayos de luz plateada proyectados sobre el Danubio. Si cerraba los ojos con suficiente fuerza podía imaginarse a sus padres, junto con Sonia y Rosie, paseando por sus orillas.

Un día, Monty le dio una carta con un sello alemán. Lisa se puso como loca de contenta al ver que la dirección que aparecía en el remite era el número 13 de Franzensbrückens-trasse. La carta era breve, su madre se limitaba a decir: «Haz que nos sintamos orgullosos, te extrañamos a diario». Monty la abrazó cuando empezó a llorar.

Después de cenar, el personal se congregaba alrededor de la radio para escuchar el parte de la BBC. Las noticias que llegaban desde Europa eran inquietantes. Había pasado casi un año desde que Hitler ocupó Austria. En los tres meses que Lisa llevaba en Inglaterra, no había oído ninguna noticia que aplacara sus temores.

Lisa estaba limpiando la nueva oficina de la Guardia Doméstica (que había ocupado la sala de billar) cuando oyó unas voces estridentes que provenían del despacho del capitán, al otro lado de la pared.

—¡Ya les dije que acabaría pasando esto! —exclamó un hombre.

—¿Y qué se supone que debíamos hacer?

Cuando las voces se acallaron, Lisa oyó esa escalofriante voz que siempre la hacía temblar de miedo. Era la voz del *Führer*, que resonó por toda la casa:

—*Ein Volk, ein Reich, ein Führer!*

Lisa se acercó a la habitación donde estaban reunidos los hombres y se quedó en el pasillo, escuchando, aterrorizada por la voz de aquel hombre al que tanto aborrecía.

—¿Se pueden creer que ese demente ha entrado en Checoslovaquia sin pegar un solo tiro? —gritó el capitán.

Entonces salió al pasillo, ondeando los brazos con gesto airado, y vio a Lisa.

—¡Ah! Entra, te necesitamos.

El capitán la agarró del brazo con suavidad y la condujo al interior de la habitación, donde había cinco hombres de uniforme sentados alrededor de la radio.

—¿Qué está diciendo ahora ese maniaco? —preguntó.

—*Ausrottung, es ist nichts unmöglich!* —resonó la espeluznante voz de Hitler.

—Exterminio..., nada es imposible —tradujo Lisa lentamente, estremeciéndose con cada nueva palabra.

Un oficial, al ver lo mal que lo estaba pasando, exclamó:

—¡Tenga corazón, capitán! No obligue a la pobre niña a escuchar esto.

—Está bien, cielo, ya es suficiente. Gracias —dijo el capitán.

«¿Una jovencita no debería escuchar esto? —se preguntó Lisa—. ¡Pero si yo lo he visto, lo he vivido!». Pensó en la *Kristallnacht* y vio a su padre tirado en el suelo, humillado, una imagen que no podía borrar de su mente. De pronto, sintió el deseo imperioso de estar con otras personas como ella. Sí, Monty era simpático, Gladys tenía buen corazón y la señora de la casa también era amable. Además, no le faltaba comida y estaba a salvo. Debería ser suficiente, se dijo, pero no lo era.

♪

Fue duro regresar a la rutina de su trabajo, pero Lisa preparó debidamente el atuendo de su señora y combinó los zapatos con el bolso, y la falda con la chaqueta. Como siempre, su patrona se mostró muy satisfecha.

—Maravillosa elección, Lisa.

—Gracias, señora —respondió ella. Tenía el corazón encogido por un sentimiento de culpa. Tenía que hacerle una pregunta importantísima, pero la había estado posponiendo—. Señora, ¿puedo preguntarle algo?

—Pues claro. ¿De qué se trata?

—Tengo una hermana en Viena. Es muy buena y podría trabajar en la cocina. Necesitamos que alguien la apadrine para poder montarla en el tren de los niños y, si hubiera alguna posibilidad de que...

La señora la miró y la interrumpió:

—¿Cuántos años tiene?

—Doce.

La mujer frunció el ceño.

—Cumplirá trece la semana que viene —añadió Lisa, exagerando—. Yo me ocuparía de ella en mi tiempo libre. No causaría ninguna molestia, lo prometo. Es muy educada y...

La señora le dirigió una sonrisa triste.

—Ojalá pudiera, Lisa. Y has sido muy valiente al preguntarlo. Eso me gusta. Pero, por desgracia, no podemos acoger a nadie más... Lo siento.

Aquellas palabras cayeron como una losa sobre la muchacha, que se dio la vuelta para marcharse.

—Lisa, ¿cuántos años tienes tú?

—Voy a cumplir quince.

—Ojalá volviera a tener quince años —dijo la señora de la casa con un tono de voz abstraído y melancólico—. Cuando tenía esa edad, pensaba que tenía el mundo en mis manos. Pensaba que llegaría a hacer algo importante con mi vida... —Miró directamente a Lisa a los ojos—. Lo siento...

♪

«Conviértete en una mujer de provecho». Esa frase resonó en la mente de Lisa mientras alisaba las chaquetas, planchaba las faldas y sacaba brillo a los zapatos. La voz serena de su madre surgía una y otra vez, invadiendo sus pensamientos con insistencia. ¿A quién, si no a ella, podría acudir en busca de consejo?

Aquella noche durmió agitada, sin parar de moverse. Por la mañana, se despertó cuando alguien llamó a la puerta.

—¿Vienes o no, dormilona? —exclamó Gladys.

Lisa se vistió a toda prisa, abrió el cajón para sacar el sobre donde guardaba el dinero que ahorraba de su salario y se lo metió en el bolsillo.

Ya en el pueblo, Lisa localizó la tienda de segunda mano donde había visto una bicicleta en el escaparate. Hizo acopio de todo su coraje y entró.

—Quiero comprar esa bicicleta —dijo, esforzándose mucho por pronunciar la «b» como lo hacían los ingleses. Lisa se dio cuenta de que el dependiente la miraba con curiosidad y comprendió que seguía teniendo un acento extranjero muy marcado.

—Vaya, tú debes de ser la refugiada de la que he oído hablar. Mi esposa me dijo que habías venido al pueblo. ¿Y estás buscando una bicicleta?

—Sí... Tengo dinero.

El dependiente se acercó a la bici que le estaba señalando Lisa y examinó la etiqueta.

—Cuatro libras y dos chelines. Mmm, parece un poco cara para lo que es. ¿Qué te parecen dos libras? —le preguntó, guiñándole un ojo.

Lisa metió la mano en el sobre y le entregó dos billetes de una libra al dependiente. Tuvo que reprimir un sentimiento de culpa. ¡Ese dinero era para Sonia! Pero pronto ganaría más, se prometió.

—¿Puede guardarla aquí hasta que venga a buscarla?

—Cuandoquiera que la necesites, estará aquí.

Capítulo 7

Lisa esperó hasta el día después de cobrar su humilde salario y, entonces, se levantó antes del amanecer y empacó sus cosas. El sol estaba empezando a asomar cuando entró de puntillas en la cocina y abrió la alacena. Cortó una porción de carne deshidratada, la envolvió en papel de periódico y se la guardó en el bolsillo del abrigo. Sirviéndose del lápiz que Gladys empleaba para la lista de la compra, escribió en inglés con mucho esmero: «Gracias. Nunca os olvidaré, pero debo marcharme. Lisa Jura».

Recorrió a pie los tres kilómetros hasta el pueblo. Cuando abrió la tienda de segunda mano, recogió su bici roja, ató su pequeña maleta a la parte de atrás y se puso en marcha. El sol comenzó a elevarse entre la niebla matutina cuando se marchó del pueblo. El letrero de la carretera decía: BRIGHTON, 70 KILÓMETROS.

Lisa estaba contenta, ¡iba a ir a Londres! Acudiría a Bloomsbury House y les diría que le buscaran un lugar donde alojarse en la gran ciudad.

A medida que avanzó el día y el trayecto se volvió más arduo, la embargó la indecisión. ¿Habría cometido un terrible error al abandonar esa casa llena de gente amable que la alimentaba y le daba un techo bajo el que dormir? Seguro que la esposa del capitán la odiaba por haberse ido y que Gladys y Monty habrían empezado a pensar mal de los refugiados. ¿Sería capaz siquiera de llegar hasta Londres?

Pese a todo, siguió pedaleando y empezó a canturrear en voz alta: «Voy a ir a Londres, voy a ir a Londres».

Llegó a las afueras de la ciudad de Brighton al anochecer y siguió las señales hasta la estación de tren. Le flaquearon las piernas cuando se bajó de la bici y se acercó renqueando a la taquilla.

—¿El próximo tren para Londres? —preguntó con las pocas fuerzas que le quedaban.

—No hay otro hasta mañana, a las seis y dieciocho, andén cuatro.

Lisa se sacó del bolsillo los chelines y peniques necesarios y compró un billete.

—¿Esa bicicleta es tuya?

Lisa asintió.

—En ese caso, tendrás que esperar al tren de la tarde. No se admiten bicicletas en el cercanías exprés.

Lisa agachó la cabeza y empujó la bicicleta por la estación hasta que al fin encontró el aseo de mujeres. Se alegró al comprobar que había un pequeño banco de madera dentro. Se recostó en él y apoyó la cabeza sobre su maleta. Estaba tan exhausta que durmió profundamente sin soñar con nada.

♪

Se despertó cuando alguien tiró de la cadena. Dos adolescentes ataviadas con uniforme escolar se estaban riendo mientras se pintaban los labios.

—¡Date prisa! —gritó una de ellas—. Vamos a perder el tren.

Lisa también se apresuró, recogió sus pertenencias y echó a correr hacia el andén. Las puertas del tren estaban abiertas y la invitaban a montar. Miró de reojo hacia su bicicleta roja, se despidió de ella y subió a bordo.

El vagón estaba abarrotado, pero encontró un asiento libre al lado de unos adolescentes cargados con unos petates verdes. Supuso que los habrían llamado a filas como parte de la movilización nacional. Tenían unos rostros lozanos y juveniles. Lisa pensó que no tendrían nada que hacer frente a esos soldados nazis de mirada férrea que había visto en su ciudad natal. La embargó un ánimo inquieto y sombrío. Intentó distraerse contemplando la exuberante campiña verde por la ventanilla, concentrándose en pensamientos más positivos relacionados con la gran ciudad que la esperaba.

♪

La estación de Waterloo estaba atestada de viajeros. La cálida fragancia de un puesto ambulante donde vendían pan y bollos provocó que le rugiera el estómago, así que se acercó a pedir un panecillo de Pascua. Se lo comió despacio para paladearlo mejor y le pareció el bollo más delicioso del mundo.

Siguiendo las meticulosas indicaciones de los amables transeúntes, Lisa recorrió los agotadores kilómetros que la separaban de Bloomsbury House.

Capítulo 8

Bloomsbury House seguía siendo una vorágine de voluntarios, niños recién llegados y cajas con archivos. Lisa atravesó el vestíbulo, preocupada por lo que podría pasar. Había tomado una decisión. No pensaba echarse atrás.

Cualquier cosa, se dijo, sería mejor que la terrible soledad de los últimos seis meses en casa del capitán.

—¿Lisa Jura? El señor Hardesty te recibirá ahora.

Lisa entró en la oficina.

—¡Ah, eres tú! —exclamó cuando la reconoció—. Estábamos preocupados, el capitán nos dijo que habías desaparecido.

Sin embargo, en vez de la jovencita intrépida y llena de energía que recordaba, tenía ante sí a una muchacha exhausta con el pelo despeinado y la ropa arrugada.

El señor Hardesty sacó un archivo con la foto de Lisa en la cubierta y varios documentos sujetos por un clip.

—¿Te trataron mal?

Lisa se puso colorada.

—No, señor.

—¿Te daban bien de comer?

—Sí, señor.

El señor Hardesty dejó escapar un largo suspiro, con el que canalizaba meses de fatiga y frustración. Lisa se obligó a comenzar el discurso que había ensayado en su cabeza:

—Perdóneme, señor, he vuelto a Londres porque aspiro a ser una mujer de provecho. No quiero ser una sirvienta. Toco el piano y quiero hacer algo importante con mi vida. Por favor, deje que me quede en Londres —le rogó.

El señor Hardesty la escudriñó y suavizó su expresión.

—Déjame ver lo que puedo hacer, al menos temporalmente.

Deslizó el dedo índice sobre una lista de números de teléfono, levantó el auricular y marcó.

—Me voy a ganar una buena bronca, pero con suerte será breve —murmuró.

Lisa contempló al señor Hardesty mientras este arrugaba el rostro y decía:

—¿Señora Cohen? Al habla Alfred Hardesty, de Bloomsbury House. Tenemos una situación un tanto inusual. Ya sé que prometí no enviarle a nadie más, pero aquí hay una jovencita encantadora que necesita un sitio donde vivir durante un mes...

Se apartó el auricular de la oreja y Lisa oyó las voces airadas de la mujer. Cubriendo el micrófono con la mano, el señor Hardesty se inclinó hacia delante y dijo:

—Creo que las dos os vais a llevar de maravilla.

♪

Preocupado por serenar los ánimos de la señora Cohen, el señor Hardesty acompañó personalmente a Lisa hasta su nuevo hogar: una residencia en el número 243 de Willesden Lane. Las casas de esa zona estaban rodeadas de jardines cuidadosamente segados. A medida que el taxi reducía la velocidad, Lisa se fijó en un edificio con una cruz tallada en el dintel de piedra situado por encima de la puerta. Había tres monjas en el jardín delantero, regando las plantas y las flores. El taxi se detuvo en la casa de al lado.

Los dos se apearon y subieron por un sendero de piedra. El señor Hardesty llamó a la puerta y les abrió una imponente mujer de mediana edad con un vestido de color morado oscuro.

—Pasad, por favor. —Escudriñó a Lisa y se quedó mirando la pequeña maleta—. ¿No traes nada más?

—No, señora.

—¡Adelante, entonces! No nos quedemos aquí mientras la casa se llena de moscas.

El señor Hardesty recogió la maleta de Lisa y le pasó un brazo por los hombros, invitándola a cruzar el umbral.

Lisa se adentró en un vestíbulo revestido con paneles oscuros, que a su vez desembocaba en un salón agradable con dos sofás y varios conjuntos de sillas y mesas. Había dos tableros de ajedrez muy desgastados y dispuestos ordenadamente sobre una mesa plegable. Una elegante escalera conducía al piso de arriba y al otro lado del salón se divisaba un comedor. Lisa se adentró un poco más en la estancia y vio una chimenea enorme y un balcón acristalado con vistas al contiguo convento. Junto al ventanal había una silueta que le resultó familiar, cubierta por un manto tejido a mano.

A Lisa se le aceleró el corazón: ¡era un piano!

—Tenemos la residencia a rebosar. Solo podemos hacerte un hueco temporalmente —dijo la señora Cohen, sin reparar en la expresión de asombro de Lisa—. Le diré a una de las chicas que te explique las normas.

La señora Cohen llegó con paso firme hasta la base de las escaleras.

—¡Gina Kampf, baja aquí un momento, por favor! —exclamó con fuerza.

«Tiene un acento alemán aún más marcado que el mío», pensó Lisa, sonriendo. Ya se sentía cómoda en ese lugar.

Cuando se oyeron unas dinámicas pisadas que correteaban escaleras abajo, la señora Cohen se dio la vuelta hacia el señor Hardesty.

—Ya que estás aquí, Alfred, hay unos recibos que me gustaría revisar contigo.

Antes de salir de la habitación, el señor Hardesty se dio la vuelta hacia Lisa y le estrechó la mano.

—Haz el favor de obedecer a la señora Cohen. No quiero oír más historias sobre excursiones inesperadas.

—¡Hola, soy Gina! —Una muchacha bonita con el cabello oscuro y ojos vivaces terminó de bajar con brío las escaleras—. Tú debes de ser la nueva.

—Sí, soy Lisa Jura.

—¡Encantada de conocerte! —dijo con una reverencia exagerada—. ¿No te parece que mi inglés es fabuloso? La señora Cohen dice que soy la que mejor lo habla de toda la casa. Ah, esa es la primera regla: la señora Cohen dice que hay que hablar en inglés en la primera planta a todas horas. Hay millones de normas, pero no te preocupes, yo te las explicaré todas.

Gina empezó a correr de nuevo por las escaleras.

—¡Venga, date prisa! Te enseñaré nuestro cuarto. Te alojarás con Ruth, con Edith, con Ingrid y conmigo. Me alegro mucho de que hayas venido. Edith e Ingrid son unos muermos.

♪

Gina guio a Lisa hasta un dormitorio con dos literas y un pequeño catre pegado a la pared. Allí abrió un cajón grande y empujó varias prendas hacia un lado.

—Mira, puedes compartir este cajón con Edith, a ella no le importará.

Las camas estaban cuidadosamente hechas y no había nada en ese cuarto que estuviera fuera de su sitio.

—¿Dónde están los demás? —preguntó Lisa.

—¡Trabajando! Todos tenemos un empleo. Tú también tendrás que buscarte uno. Yo estoy aquí ahora porque, ya que se me da tan bien el inglés, los viernes ayudo a la señora Cohen a llevar la contabilidad.

Gina salió por la puerta.

—¡Vamos, vamos! Te enseñaré el cuarto de baño. Solo hay uno para las diecisiete chicas y no tenemos permiso para utilizar el de los chicos, en el piso de arriba, a no ser que esté a punto de darnos un patatús.

La visita guiada continuó. Lisa vio la tercera planta, donde dormían los chicos; conoció a la señora Glazer, una checoslovaca rubia que trabajaba de cocinera en la residencia; y Gina le explicó multitud de reglas que debía recordar. El toque de queda era a las diez, las luces se apagaban a las diez y media, no se permitía almacenar comida en los dormitorios (por temor a los ratones), se había establecido un baño caliente una vez por semana (para ahorrar carbón), las llamadas telefónicas no debían durar más de un minuto (había un temporizador encima de la mesa), las labores del hogar se hacían los sábados, y los domingos eran el día del pícnic obligatorio (para levantar la moral).

Gina no paró de hablar, de reír y de cuchichear acerca de todo y de todos. Lisa intentó seguir el hilo de lo que decía, pero apenas podía mantener los ojos abiertos. Murmuró un agradecimiento y se recostó en el catre para echar una cabezada. Las últimas veinticuatro horas habían sido muy intensas para ella.

Cuando se despertó, el ambiente de la casa se había transformado a causa del estrépito montado por los treinta y dos niños que se alojaban allí. Había alemanes, yidis, checos e ingleses entremezclados en el salón. El olor a carne asada se filtró en la habitación mientras los ecos de unas sonoras pisadas se mezclaban con el chirrido de las mesas y las sillas en el piso de abajo.

—¡Date prisa, que vas a llegar tarde! ¡Te he dejado dormir todo lo que he podido! —exclamó Gina—. La señora Cohen nos armará una buena como lleguemos tarde para el *sabbat*.

¡El *sabbat*! Lisa había olvidado que era viernes. ¡El *sabbat*! Hacía seis meses que no pensaba en ello. Se levantó a toda prisa, se peinó, se alisó la falda lo mejor que pudo y bajó corriendo por las escaleras.

♪

Los treinta y dos muchachos se distribuyeron por edades —desde los diez hasta los diecisiete años— y tomaron asiento en dos mesas alargadas en el comedor. Gina había tenido el detalle de reservar el asiento que tenía al lado para Lisa, que fue la última en llegar. Un silencio se asentó sobre la estancia y todas las miradas se dirigieron hacia la señora Cohen, que le hizo una seña a la señora Glazer.

La cocinera encendió dos velas y trazó un movimiento circular con los brazos mientras entonaba la *brajá*:

—Bendito tú eres, rey del universo, que nos ordenas prender las velas del *sabbat*.

Lisa recitó la oración junto con los demás y aquello le provocó un sentimiento tan hondo que le entraron ganas de llorar. Era la primera vez que veía a alguien que no fuera su madre encender las velas y la echó muchísimo de menos.

Entonces el pan *jalá* fue bendecido y lo fueron repartiendo por la mesa. Cada muchacho arrancó un pedazo y se lo comió.

Cuando terminaron las oraciones, los niños atacaron las bandejas con viandas, sirviéndose pollo, empanadillas y judías verdes en sus platos.

En mitad de la comida, la señora Cohen golpeó su vaso de agua con un tenedor y se aclaró la garganta.

—Esta noche recibimos a una chica nueva, Lisa Jura. Procede de Viena. Después de cenar, quiero que todos saquéis un momento para presentaros como es debido.

Cuando terminaron de comer, la señora Cohen volvió a dar unos golpecitos con el tenedor sobre su copa de vino.

—¿Alguien tiene alguna noticia que le gustaría compartir?

Todos se quedaron callados.

—Paul, tengo entendido que hoy has recibido una carta —añadió, dándose la vuelta hacia un chico rubio de dieciséis años con el cabello ondulado—. ¿Te gustaría comentarlo con nosotros?

Todas las miradas se dirigieron hacia Paul, mientras articulaba unas palabras difíciles:

—Mis padres me han escrito para decirme que ya no están en Berlín. Les han requisado el apartamento. Están intentando conseguir visados para Shanghái. Espero que mi hermano pueda venir pronto en el tren.

69

Mientras escuchaban, los demás niños se pusieron a pensar en sus propios padres, en su propia pesadilla, en su propia esperanza.

Lisa pensó en Malka y en Abraham, y se preguntó si podrían quedarse en su apartamento. Paseó la mirada por la mesa y vio su propia tristeza reflejada en los rostros de los demás. Todos compartían una terrible ansiedad. Resultaba curioso, pensó Lisa, que el hecho de estar con otras personas como ella hiciera que le resultara más fácil sobrellevar sus miedos. Parte de la carga producida por la inmensa soledad que había sentido desde su llegada a Inglaterra se estaba disipando. Ahora, quizá, podría llegar a soportar la larga espera hasta que pudiera reunirse con sus padres.

♪

Después de cenar, Gina agarró a Lisa del brazo y la sentó a su lado en el sofá, decidida a ser la encargada de explicarle «quién era quién».

—¿Ves a esos chicos que están jugando al ajedrez? El que está de frente hacia nosotras es Günter. Está colado por mí, pero yo aún me lo estoy pensando.

La puerta principal se abrió y un muchacho de dieciséis años con una cazadora de cuero entró con paso altanero. Lisa se quedó pasmada al ver ese porte tan atractivo y arrogante. Gina lo saludó con la mano.

—Aaron, ven un momento a conocer a la chica nueva —dijo Gina—. Esta es Lisa.

—Hola, soy Aaron —respondió el muchacho con soltura y con una sonrisa radiante.

—Hola —dijo Lisa, fascinada por la pelusilla incipiente que cubría su barbilla.

—Espero que no te creas todo lo que te cuente Gina, seguro que nada de eso es cierto —dijo, guiñándole un ojo; después, se dirigió hacia la cocina.

—¿Por qué ha llegado tan tarde? —preguntó Lisa, deseosa de descubrir más detalles sobre él.

—Es un chico lleno de misterios. ¿No te parece genial?

El resto de la velada desembocó en un desfile de rostros agradables que le dedicaron palabras amables a Lisa. Solo hubo una persona que no se acercó a saludar, un chico muy grandote que se pasó todo el rato escribiendo en un cuaderno. Medía más de un metro ochenta y tenía unos bíceps y unos antebrazos inmensos.

—¿Quién es ese? —preguntó Lisa.

—Ese es Johnny, también conocido como King Kong —respondió Gina con una risita.

—¿Cómo dices? —preguntó Lisa.

—¿No has visto la película de King Kong? ¡Es un simio gigantesco igual que él!

—Es un poco feo llamarlo así, ¿no? —dijo Lisa.

—¡Solo es un apodo, hombre!

Pero Lisa seguía pensando que era ofensivo y decidió que sería amable con ese chico tan serio y grandote.

—¿Qué está escribiendo?

—¿Cómo quieres que lo sepa? No se lo enseña a nadie —repuso Gina.

A las diez y media se apagaron las luces. Gina seguía cuchicheando cuando Lisa se quedó dormida a su lado, en la cama.

Capítulo 9

Gina le dijo a Lisa que estaba segura de que en la fábrica textil del East End, donde ella trabajaba, necesitaban más chicas en la línea de producción. Casi todos los niños del número 243 de Willesden Lane tenían un empleo y las tres cuartas partes de sus salarios iban destinadas a las arcas de la residencia para costear su estancia.

La fábrica textil se encontraba en el East End londinense, una zona donde predominaba la población judía. Se trataba de un edificio de ladrillo de tres plantas con unos portones plegables en los que ponía PLATZ & HIJOS con unas letras medio borradas. En el interior había docenas de mujeres encorvadas sobre largas filas de máquinas de coser. El ambiente estaba recargado y lleno de polvo.

Al ver la cara de susto de su amiga, Gina se echó a reír.

—Ya te acostumbrarás —le dijo.

Después llevó a Lisa a conocer al encargado, el señor Dimble. Se despidió de su amiga con un beso y se fue a trabajar.

El señor Dimble le hizo señas a Lisa para que lo siguiera hasta una oficina llena de gente.

—¿Has utilizado alguna vez una máquina de coser? —se apresuró a preguntarle.

—Sí, mi padre es sastre.

—En ese caso, vamos a hacer una pequeña prueba —dijo el encargado, que volvió a conducirla hasta la planta baja—. Mabel, levántate un segundo, haz el favor.

Una mujer de unos cuarenta y tantos años se levantó. El señor Dimble recogió del suelo dos trozos de tela de color azul marino, los juntó y se los dio a Lisa.

—A ver de qué eres capaz.

Lisa se sentó con confianza ante la máquina, levantó el prensatelas, insertó los dos trozos de tejido y pisó el pedal. Le quedó una costura completamente recta.

—Estás contratada —dijo el señor Dimble—. Vuelve mañana por la mañana y te asignaremos un puesto.

♪

La estación de Whitechapel estaba señalizada por un letrero inmenso: METRO DE LONDRES. Lisa se sumó a la riada de gente que pasaba a través de los torniquetes y, antes de que se diera cuenta, estaba accediendo a unas enormes escaleras mecánicas de madera que bajaban hasta más allá de donde alcanzaba la vista.

Llegó hasta la estación de Willesden Green, tal y como le habían indicado, se bajó sin contratiempos y comenzó a subir por Walm Lane. Vio a una mujer que estaba trabajando en el jardín delantero de una casa de ladrillo. Era una señora de mediana edad ataviada con un vestido negro y liso.

—¡Buenas tardes! Soy una nueva vecina de la manzana de al lado —dijo Lisa.

La mujer hizo un ademán brusco con la cabeza y, después, volvió a centrarse en sus hortalizas. Lisa se estremeció y siguió caminando.

La puerta de la residencia permanecía cerrada desde las nueve hasta las cuatro y media, cuando la mayoría de sus habitantes estaban trabajando. Lisa tocó la campana y la señora Glazer la dejó pasar.

—¿Ha habido suerte? —preguntó la cocinera con tono amigable.

—Sí, empiezo mañana —respondió Lisa, que, intentando no parecer demasiado desesperada, añadió—: ¿Ha sobrado algo del almuerzo?

—Por supuesto, algo encontraremos.

Lisa se tumbó en la cama después de comer y se imaginó el salón del piso de abajo y el tesoro que albergaba. «Ahora o nunca», pensó. Se levantó, fue al piso de abajo, se acercó al piano y retiró con suavidad el manto que lo cubría.

Mientras miraba a su alrededor con gesto culpable, levantó la tapa. Se sentó y estiró los dedos silenciosamente sobre las teclas. Llevaba muchos meses sin tocar el piano.

Lentamente, comenzó a interpretar los primeros compases del concierto para piano de Grieg en la menor. Con un estremecimiento placentero, asaltó el teclado con ímpetu.

Experimentó una sensación extraña, como si estuviera tocando otra persona y ella fuera una simple espectadora. Durante un pasaje suave y lírico, el ensimismamiento de Lisa quedó interrumpido por el eco de unas pisadas. Se dio la vuelta y vio a Paul, que intentaba cerrar la puerta principal sin hacer ruido para no molestarla.

—No pares, por favor, suena de maravilla —dijo, sonriendo.

Lisa siguió tocando a medida que los demás niños de la residencia fueron llegando. Sin decir una palabra, se congregaron en el salón, en las escaleras y en cualquier otro lugar desde donde pudieran escuchar la melodía. Edith se acercó silenciosamente hasta el aparador y se acomodó para escuchar el concierto.

En algún punto del tercer y atronador movimiento, la señora Cohen entró por la puerta cargada con una caja llena de provisiones. Se detuvo y se quedó contemplando la escena. En cuanto la vio, Lisa dejó de tocar.

—¡Escuche a Lisa! —le dijo Edith con orgullo a la señora Cohen.

La mujer respondió con un ligero ademán de cabeza y prosiguió su camino hacia la parte trasera de la casa.

—Toca algo más, por favor —le pidió Günter, que se acercó a su lado.

Emocionada por la atención recibida, Lisa se lanzó a interpretar su pieza favorita, *Claro de luna,* al tiempo que Gina entraba por la puerta, seguida de cerca por Aaron. Cuando Gina vio a su amiga ante el piano, rodeada por todos los chicos, no pudo creer lo que veían sus ojos.

—¡Gina, ven a escuchar esto! —exclamó Günter.

Pese a que sintió una punzada de celos, Gina se acercó y se sintió cautivada por la música.

—Tocas igual que Myra Hess —dijo Aaron, admirado.

—¿Has oído hablar de Myra Hess?

A Lisa le sorprendió que aquel chico tan guapo conociera la existencia de esa famosa pianista.

—Puede que compre entradas la próxima vez que venga a tocar —respondió él.

Lisa interpretó entonces una pieza de Debussy. Los espectadores se quedaron en silencio, fascinados por la belleza de la música.

♪

Lisa fue la estrella durante la cena y apenas tuvo ocasión de probar su comida. Cuando terminaron de cenar, la señora Cohen le dijo con tono serio:

—Lisa, haz el favor de venir un momento a mi cuarto.

Todos se quedaron sorprendidos. Gina miró a Lisa con un gesto que daba a entender que se temía lo peor. Lisa siguió con nerviosismo a aquella robusta mujer hasta su habitación.

—Ya veo que has tomado lecciones de piano —dijo la señora Cohen, cerrando la puerta tras de sí.

—Sí, señora —respondió Lisa.

—¿Y te gustaría ensayar durante tu estancia aquí?

Lisa no supo si era una pregunta trampa, ni qué clase de respuesta debía dar. Decidió hablar con el corazón:

—Me encantaría, siempre que usted ..

—Mi hijo toca el piano —interrumpió la señora Cohen.

Lisa no sabía que tuviera un hijo. No se atrevió a preguntar dónde estaba, por miedo a que se hubiera visto atrapado en alguna parte por culpa de la pesadilla nazi.

—Está en Londres, en una escuela especial, pero pronto vendrá aquí —le explicó la señora Cohen—. Podrás ensayar durante una hora cuando vuelvas del trabajo, pero después tendrás que dejar que los demás utilicen el salón para lo que necesiten. Si quieres, los domingos puedes tocar canciones populares para los residentes.

—Gracias, señora.

—Por favor, cierra la puerta al salir —añadió la señora Cohen, y Lisa se marchó.

Capítulo 10

P or las mañanas había mucho ajetreo. Gina y Lisa adoptaron la costumbre de guardarse el sitio en la fila para el baño. Después, entraban corriendo juntas y se pasaban todo el tiempo posible delante del espejo antes de que las demás chicas comenzaran a aporrear la puerta. Gina le enseñó a Lisa a rizarse el pelo según la moda del momento, de tal manera que conservara el peinado a pesar de los pañuelos y las redecillas para el pelo que se exigían en la fábrica.

Platz & Hijos estaba organizado por plantas: las prendas de mujer en la tercera, las de hombre en la segunda y las oficinas en la primera. A Lisa la destinaron a la sección de pantalones de hombre, que se consideraba un buen puesto para una principiante. Se quedó sorprendida por la velocidad del trabajo, pues estaba acostumbrada al meticuloso estilo de su padre con puntadas dobles y costuras rematadas. Estaba claro que el objetivo en Platz & Hijos no era la calidad, sino la cantidad. A Lisa le asignaron la máquina que estaba al lado de la señora McRae, una mujer muy simpática que le explicó con paciencia los entresijos del trabajo.

Al final de la jornada, Lisa tenía los brazos doloridos y los dedos magullados, pero se sintió agradecida de que ese trabajo tan complejo requiriera toda su atención. Así no le quedaba tiempo para preocuparse por la suerte de su familia o por saber si habrían encontrado un padrino para poder traer a Sonia.

Pero, claro está, su hermana nunca desaparecía del todo de sus pensamientos, así que decidió ir a Bloomsbury House a finales de esa semana.

♪

El caos de Bloomsbury House seguía en pleno apogeo. Seguían llegando niños a bordo de trenes dos veces por semana. Ya habían llegado casi diez mil. Niños con chaquetas de *tweed* y corbata y niñas aferradas a sus muñecas deambulaban por los pasillos. A Lisa le volvieron a asegurar que Sonia estaba en la lista, pero que seguían sin tener noticias de algún posible benefactor.

La secretaria del señor Hardesty le entregó una carta que acababa de llegar desde Viena. El sello contenía una imagen de Adolf Hitler. Lisa se apresuró a abrir el sobre.

«Querida Liseleh —decía la misiva, redactada con la reconocible caligrafía de su madre—. Me temo que no puedo darte buenas noticias, salvo que, sin contar la artritis de tu padre, todos estamos bien de salud. Sonia está deseando reunirse contigo, y con gran pesar esperamos a que llegue su turno para tomar el tren. Rosie y Leo también están intentando encontrar un modo de reunirse contigo. Rezo para que lo consigan. Espero que estés practicando con el piano. Te envío recuerdos desde casa para que no te olvides de nosotros. Con cariño, mamá».

Unas lágrimas empezaron a correr por las mejillas de Lisa. ¡Olvidarse de ellos! ¿Cómo podría hacer algo así? Eran lo más importante en su vida.

♪

Aquella noche, durante la cena, Lisa se sentó al lado de Günter y Gina, que se dieron cuenta de lo preocupada y taciturna que parecía.

—¿Te encuentras bien? —le preguntó Günter.

—No puedo parar de pensar en cómo ayudar a mi hermana a conseguir un benefactor, ¡pero no sé qué hacer!

—¿Dónde está? —preguntó Günter.

—Aún sigue en Viena. Tiene una plaza en el tren, pero les falta encontrar a alguien que la apadrine.

—Deberías hacer lo mismo que hizo Paul —propuso Günter—. ¡Paul! ¡Ven aquí! —gritó hacia el otro lado de la mesa.

El muchacho rubio se acercó corriendo y se apretujó a su lado.

—Cuéntale tu idea a Lisa. —Günter se dio la vuelta hacia Lisa y le dio más detalles—: El hermano de Paul todavía está en Múnich.

—Revisé el listín telefónico en busca de personas que se apellidaran igual que yo y después los llamé.

—¿Por qué? —preguntó Lisa, sin comprender.

—¡Les dije que pensaba que eran parientes míos! Quién sabe, tal vez lo sean.

A Lisa se le iluminaron los ojos. Decidió hacer la prueba inmediatamente. Tras acabar de cenar a toda prisa, Günter, Gina, Paul y Lisa se apiñaron ante el grueso listín telefónico del noroeste de Londres.

Lisa lo abrió rápidamente por la jota de Jura. Deslizó el dedo por la página y encontró un Juracek, varios Justice... Pero no había ningún Jura en esa parte de Londres.

Aaron entró en el cuarto, se inclinó sobre la guía telefónica junto a los demás y se quedó escuchando un rato.

—Prueba con la «Y» en lugar de la «J». A veces la gente cambia la manera de escribirlo.

Lisa avanzó rápidamente hasta la última página, pero no encontró nada entre Young y Yusef.

—¡Un momento! ¡El primo de mi padre! ¡Danziger! ¡Podríamos buscar por el apellido del primo!

Había un montón de Danziger en el listín telefónico, sobre todo en el cercano barrio de Golders Green, donde vivían muchos judíos.

—Yo te ayudaré —se ofreció Aaron.

—Y yo —dijo Gina.

—Yo también —añadió Günter.

—Cada uno llamaremos mañana a cuatro de estos números —propuso Gina.

—¡Diremos que formamos parte del Comité para la Resolución de Todos los Males del Mundo! —exclamó Aaron.

El muchacho apoyó una mano en mitad de la mesa y Gina, Paul, Günter y Lisa pusieron las suyas encima.

—¿Queréis formar parte del comité?

—¡Sí, queremos!

♪

Lisa recibió permiso de la señora Cohen para posponer su hora de ensayo hasta después de cenar; de ese modo podría dedicar un rato después de trabajar a inspeccionar los barrios colindantes. Llamar a las puertas resultó ser una tarea más agotadora de lo que pensaba. Ninguno de los Danziger accedió a ejercer como padrino.

Lisa se lo pidió a la gente del trabajo, pero todos eran tan pobres como ella. Preguntó en las tiendas cercanas a la fábrica y nunca pensó en tirar la toalla. Conseguiría traer a Sonia a toda costa.

♪

Al final de otra tarde improductiva. Lisa subió por Riffel Road de regreso a la residencia. Una voz la detuvo:

—Jovencita, ven aquí un momento. por favor.

Era la vecina del vestido negro, que estaba apoyada sobre un enorme rastrillo con mango de madera.

—Tengo pepinos y tomates de sobra esta semana. ¿Tendrías la deferencia de llevárselos a la señora Cohen, aprovechando que vas de camino hacia allí?

—Por supuesto —respondió Lisa con educación, sorprendida por la curiosa forma de hablar que tenía esa mujer.

—Te traeré una saca. Por favor, empieza por ahí abajo —añadió, señalando hacia una planta de color verde oscuro.

Titubeando, Lisa apartó las enormes hojas y se sorprendió al encontrar allí media docena de pepinos. Los arrancó y los amontonó en el césped, al lado de una ordenada pila de tomates ya recolectados.

La mujer no había vuelto aún. Lisa esperó. Vencida por la tentación, alargó la mano hacia un jugoso tomate y le pegó un bocado. La mujer salió por la puerta justo cuando el cálido jugo de la hortaliza se extendía sobre la barbilla y la blusa de Lisa.

—¡Vaya, vaya! ¡Mírate!

Solo era un tomate demasiado maduro, pero, después de un día de agotamiento, de frustración y de puertas cerradas en las narices, Lisa no pudo controlarse y rompió a llorar.

—No hay de qué preocuparse, te traeré una toalla.

Cuando la vecina regresó, Lisa aún seguía llorando. La mujer le dio un pañuelo y Lisa se fue calmando poco a poco.

—Dime, ¿qué te ocurre, querida? —preguntó la mujer, preocupada.

Lisa tardó un rato en responder, pero al final logró articular su respuesta:

—Mi hermana sigue en Viena. Por favor, por favor, ¿conoce usted a alguien que pueda apadrinarla?

Aquella mujer era la señora Canfield. Era cuáquera, miembro de la Sociedad Religiosa de los Amigos. Escuchó atentamente a Lisa y después le prometió que haría todo cuanto estuviera en su mano. También le explicó algunos detalles sobre la filosofía cuáquera, aunque en ese momento Lisa no estaba en condiciones de entenderla.

Tras aceptar como regalo el pañuelo que le prestó, Lisa salió por la puerta y atravesó la calle cargada con las hortalizas y con un destello de esperanza en el corazón.

Dos días después, el señor Hardesty llamó para avisar de que una familia cuáquera en el norte de Inglaterra había accedido a apadrinar a Sonia y que se estaban acelerando los contactos con la Agencia para los Refugiados Judíos en Viena. Sonia se montaría en el tren esa misma semana y Lisa se puso contentísima.

♪

El viernes 1 de septiembre de 1939, Lisa llegó temprano a la residencia para el *sabbat*. Después del encendido de velas, la señora Glazer leyó en voz alta el panfleto sobre las precauciones durante un ataque aéreo que habían recibido en la residencia aquella tarde. Se había ordenado el apagón total de Londres. En previsión del bombardeo, iban a utilizar rollos de tela negra para confeccionar cortinas y colgarlas de las ventanas, de manera que no traspasara ninguna luz. Las máscaras antigás que hasta entonces estaban almacenadas en el sótano se iban a colocar en el cabecero de cada cama.

Cuando el sol se puso aquella tarde, no se encendieron las farolas. Todos se congregaron alrededor de la radio, que la señora Cohen encendió a pesar de que era *sabbat*. Los niños escucharon en silencio mientras la BBC informaba de que un millón de soldados nazis habían cruzado la frontera entre Alemania y Polonia durante las últimas veinticuatro horas, a la velocidad de un relámpago, en dirección a Varsovia. Se añadió una nueva palabra al vocabulario: *Blitzkrieg.*

A la mañana siguiente, tres monjas del convento de al lado trajeron cajas repletas de latas de comida.

—Estamos limpiando la despensa. Nos han ordenado que evacuemos —explicó una de ellas.

—Muchas gracias, hermanas —dijo la señora Cohen.

—Nos gustaría ofrecerles el uso de nuestro sótano. El vigilante contra ataques aéreos dice que es el sótano más apropiado de la manzana para funcionar como refugio antibombas.

La señora Cohen les dio las gracias con efusividad, mientras Lisa ayudaba a llevarle las latas de sardinas y carne a la señora Glazer, que leyó las etiquetas en busca de ingredientes que no fueran *kosher*.

Cuando regresó al vestíbulo, las monjas se estaban marchando. Una de ellas se dio la vuelta y le dijo a Lisa:

—Nos gustaría darte las gracias por esa música tan bonita. La echaremos de menos.

—Gracias —dijo Lisa, ruborizándose

—Señorita Jura, ¿puedes acompañarme un momento a mi habitación? —dijo la señora Cohen, mientras cerraba la puerta.

Cuando Lisa entró, la encargada de la residencia le dijo:

—Tengo entendido que tu hermana llega hoy.

—Sí, señora.

—El señor Hardesty me llamó para decidir adónde enviarte. Tengo entendido que la señora Canfield tiene unos amigos que acogerán a Sonia, pero que les resultaría complicado poder alojarte a ti también. Yo le dije que nos gustaría que te quedaras aquí, pese a que solo nos permitirán tener treinta cartillas de racionamiento y tú serías la persona número treinta y dos. Estamos dispuestos a apretarnos un poco el cinturón si decides quedarte.

Lisa inclinó la cabeza como gesto de gratitud y para disimular las lágrimas que últimamente se le escapaban tan a menudo. Después asintió.

—Muchas gracias —susurró.

—Decidido, entonces. Por favor, cierra la puerta al salir.

Lisa se dirigió a la puerta, pero la señora Cohen la volvió a llamar.

—Espera un momento —dijo, al tiempo que abría las puertas de una cómoda de madera de caoba y sacaba una pila de partituras—. ¿Te gustaría tomar prestado esto?

Lisa puso los ojos como platos al verlo. ¡Eran partituras de Chopin, Schubert y Chaikovski! Había un nombre escrito cuidadosamente a lápiz en lo alto de cada libreto: «Hans Cohen».

—Muchísimas gracias, señora —exclamó.

♪

Estaba previsto que Sonia llegara en el tren de las 15:22 a la estación de Liverpool.

La estación de tren parecía una casa de locos. El destino quiso que los niños de Londres fueran evacuados ese mismo fin de semana, así que formaban largas colas que estaban siendo organizadas por sus padres y por voluntarios.

Lisa localizó a los trabajadores de Bloomsbury House, que la ayudaron a encontrar a los señores Bates de Norwich, que también hablaban con un acento peculiar, como el de la señora Canfield. Le contaron detalles tranquilizadores sobre su granja y sobre su hija, que era de la edad de Sonia, y juntos se dirigieron hacia el tren especial que estaba entrando por el andén dieciséis.

La espera resultó agónica para Lisa, pero finalmente comenzaron a salir niños del *Kindertransport*.

Sonia llevaba puesto un grueso abrigo de color granate, a pesar de que el tiempo era cálido. Cuando Lisa vio a la frágil y seria muchacha de trece años bajar por los empinados escalones, pensó que le iba a estallar el corazón por el alivio y la emoción que sintió. Separándose del matrimonio de Norwich, corrió a reunirse con Sonia, la abrazó con fuerza y repitió su nombre una y otra vez:

—Sonia, Sonia, has venido, Sonia.

Permanecieron abrazadas un buen rato, y Lisa sintió por un momento que volvía a estar en su Viena natal.

Lisa estaba decidida a aprovechar al máximo cada segundo de los treinta minutos que podrían estar juntas. Las hermanas permanecieron abrazadas durante todo el camino hasta la cafetería de primera clase, situada en la segunda planta de la estación, donde las dejaron a solas para mantener una reunión privada. Mientras agarraba la pálida mano de su hermana por encima del mantel blanco, Lisa llamó al camarero, demostrando con orgullo su dominio del inglés, y pidió té y sándwiches. Sonia mordisqueó educadamente esos alimentos desconocidos para ella, mientras Lisa abría el paquete que su hermana le había traído desde Viena. Se le formó un nudo en la garganta. Dentro había un bolso de noche de lamé, que había pertenecido a la abuela de Malka, y un libreto con los preludios de Chopin, el mismo con el que su madre le había dado clase. Parecía como si hubiera sido ayer. Lisa sintió un torrente de emociones.

Después abrió la carta que le enviaba su madre y la leyó: «A tu padre y a mí nos consuela mucho saber que Sonia y tú estáis por fin a salvo en Inglaterra, lejos del espanto en que se ha visto sumido nuestro hogar. Ahora estamos volcando todos nuestros esfuerzos en encontrar una manera de sacar a Rosie. Cuida bien de nuestro pequeño tesoro, Lisa, y ten por seguro que todas nuestras oraciones van dirigidas al día en que podamos volver a vernos».

La carta venía acompañada de una fotografía de Abraham. A Lisa le encantó recibir esa foto, pues, por más que lo intentaba, cada vez le resultaba más difícil recordar todos los detalles del rostro de su querido padre. Se quedó mirando la foto y se sorprendió al ver que ahora tenía el pelo completamente blanco.

Los treinta minutos pasaron en un suspiro y los señores Bates regresaron.

Lisa abrazó a su hermana, que estaba temblando, e intentó consolarla.

—En cuanto terminen los bombardeos, podrás venir a Londres conmigo, te lo prometo.

Sonia se aferró a su hermana mayor, demasiado asustada y afligida como para responder con palabras.

—Lo siento mucho, pero no podemos llegar tarde al tren —dijo la señora Bates, mientras cogía a Sonia de la mano.

—¡Te lo prometo, Sonia! —exclamó Lisa cuando los tres se marcharon. Vio cómo desaparecían y después rompió a llorar, cansada de hacer gala de una valentía excesiva para su edad.

♪

A la mañana siguiente, a las once y cuarto, los residentes del número 243 de Willesden Lane interrumpieron sus quehaceres y volvieron a congregarse alrededor de la radio para oír cómo el primer ministro Chamberlain anunciaba formalmente lo que todo el mundo sospechaba desde hacía mucho: Gran Bretaña iba a declararle la guerra a Alemania. El resto del día lo dedicaron a preparar un refugio antiaéreo en el sótano del convento de al lado. Todos colaboraron, cargando sacos de arena y cubos de tierra para utilizarlos en caso de incendio y equipando el sótano con suministros de primera necesidad. Finalmente llevaron a rastras colchones y sábanas para preparar unos rincones acogedores en los que dormir.

Lisa miró a Paul, que tenía el rostro mustio y apagado. Aquella tarde le habían informado de que ningún transporte más tendría permiso para salir del «Gran Reich Alemán». Ningún hermano ni hermana podría venir hasta el final de la guerra.

Lisa tuvo suerte: Sonia había llegado en el último tren.

Capítulo 11

Gran Bretaña se preparó para el ataque alemán. Pegaron carteles en las paredes del metro, algunos de los cuales estaban protagonizados por apuestos pilotos de la fuerza aérea con cazadoras de cuero, mientras que otros mostraban soldados alemanes lanzándose en paracaídas desde el cielo. CÓMO RECONOCER AL ENEMIGO, decían, para luego describir las insignias del águila, que era preciso identificar. Los londinenses caminaban mirando al cielo, convencidos de que los nazis llegarían en cualquier momento.

El zoo de Londres guardó a sus animales bajo techo, introduciendo boas constrictor y guepardos en unas cajas robustas. Se instalaron cañones antiaéreos en Hyde Park y, en un confuso intento por despistar al enemigo, se arrancaron las señales de tráfico de toda la ciudad. Menos mal que Lisa ya sabía orientarse por Londres.

La cadena de trabajo de Platz & Hijos cambió de inmediato para dedicarse a tiempo completo a la producción de uniformes. El departamento de Lisa se encargaba de cortar y coser pantalones para la Marina Real.

Un día, la señora McRae, la encargada de sección, se mostró menos dicharachera de lo habitual y, durante el almuerzo, Lisa oyó a las demás chicas comentando la noticia.

—¿Os habéis enterado? ¡Al señor McRae ya lo han enviado a Francia! Fue anoche, de repente, sin previo aviso. Por el amor de Dios, ¿es que nadie tiene ninguna consideración por las mujeres de la casa?

—¿Y cómo lo van a mantener en secreto si nosotras nos hemos enterado? Los submarinos alemanes se les echarán encima en un abrir y cerrar de ojos.

—Supongo que tienes razón. Pero les darán una buena tunda a esos piojosos alemanes, ¿no es cierto? Todo habrá terminado antes de Pascua.

Lisa escuchó su conversación, pero no se sintió lo bastante cómoda como para unirse. Hablaban muy deprisa y con acento *cockney*, así que apenas pudo captar la mitad de lo que decían. Evocó la oscura extensión del canal de la Mancha, el cielo gris que había visto hacía ya casi un año, y se imaginó a los soldados embarcándose hacia el mar.

Se sentía muy agradecida por su labor, ¡cosería un millón de uniformes para ellos si hacía falta!

♪

Ahora que Lisa se había convertido en un miembro permanente de la residencia, le asignaron su propio cajón en la cómoda, que llenó con sus partituras, las redecillas que necesitaba para la fábrica y varios fulares que había tejido para ella durante el descanso para el almuerzo, empleando trozos de tela rescatados de cajas de ropa donada.

La hora que iba de las seis a las siete se convirtió en la favorita de todos para reunirse en el salón y escuchar a Lisa ensayar. Desde que la señora Cohen le había dado esas partituras, ya no tenía que tocar solamente las piezas que se sabía de memoria. Una parte de cada sesión suponía una intrépida incursión a través de nuevas y complicadas piezas, así que Lisa echó de menos los consejos de su madre. Cuando el esfuerzo por aprender algo nuevo resultaba demasiado agotador, pasaba a su composición favorita, el concierto para piano de Grieg. Tocaba los primeros e inolvidables compases: «Plin, plon, plin», e invariablemente alguien del «comité» tarareaba la respuesta: «Plin, plon, plan». Los tiernos y heroicos pasajes del concierto para piano de Grieg se habían grabado en sus mentes, y la respuesta musical a los compases de apertura se había convertido en el grito de guerra para cualquier reunión del comité. Aaron fue el primero en hacerlo y la costumbre se acabó imponiendo.

A veces, Günter se sentaba en la banqueta del piano para estar más cerca de esa hermosa música. A medida que Lisa le fue conociendo mejor, acabó apreciando mucho su carácter dulce y afable. A veces compartía las imágenes evocadas por la música que su madre le había inculcado.

—¿Oyes eso? Ese es el sonido del color de las aguas de los fiordos.

Günter sonrió.

—Grieg era noruego, así que me imagino este pasaje como una noche de verano en la que el sol nunca llega a ponerse. ¿Puedes verlo? Está ahí, al pie del firmamento.

Lisa tocó el final de ese movimiento lento y elegante; después, abordó un pasaje en *staccato*.

—Tararirá, tararirá —tarareó mientras tocaba—. Esta es la danza de los campesinos.

—Debe de ser agotadora —dijo Günter, y Lisa se echó a reír.

A las siete en punto, la señora Glazer anunció la cena y los niños se fueron corriendo al comedor.

♪

A medida que pasaban los meses sin atisbos de un solo bombardero alemán, muchos británicos empezaron a convencerse de que todo había sido una falsa alarma. La mitad de los 800 000 padres con hijos pequeños que se habían marchado al campo regresaron a casa, e Inglaterra se dedicó a esperar nuevos acontecimientos. Incluso los 150 000 soldados de la Fuerza Expedicionaria Británica, que habían sido enviados al otro lado del canal, permanecieron a la espera, alojados en graneros embarrados entre Bélgica y Francia.

La espera de Lisa también se alargó. Cuando llegó Janucá, se pospuso la visita de Sonia que estaba prevista. A pesar de la calma, la gente decía que Londres seguía siendo demasiado peligroso.

Capítulo 12

El racionamiento se anunció el día de Año Nuevo de 1940. La señora Cohen revisó los cupones que estaban sobre la encimera de la cocina y le susurró a la señora Glazer:

—¿Cuatro onzas de carne a la semana por persona? Cielo santo, estamos hablando de niños en edad de crecer.

Llevaba los cupones a las tiendas de Walm Lane dos veces por semana para recoger los escasos suministros. El grueso de los productos eran nabos, patatas y harina. A los niños se les asignaban turnos para cargar con los pesados sacos hasta la residencia, mientras se lamentaban por la desaparición de los dulces y el chocolate de sus vidas. Las raciones eran de pura subsistencia; Lisa sentía a menudo la punzada del hambre en el estómago.

Un sábado, cuando les tocó el turno a Lisa y a Gina, una insólita tormenta de nieve había transformado el barrio, cubriendo su acostumbrada superficie gris con un radiante manto blanco. Después de la sinagoga, las dos chicas se separaron del resto del grupo y fueron a recoger los alimentos, sujetando los sacos a unos desvencijados carritos con ruedas. El sol brillaba, para variar, y las dos chicas patinaron de regreso a la residencia sobre las aceras heladas, riendo mientras bajaban por Willesden Lane.

Lisa y Gina se apresuraron en terminar sus quehaceres y estaban llevando los sacos de alimentos hasta la cocina cuando entró la señora Cohen.

—Ven un momento, Lisa, haz el favor. Quiero presentarte a alguien.

La señora Cohen acompañó a Lisa hasta el salón, donde un adolescente estaba sentado muy quietecito en el sofá. Llevaba el pelo peinado con esmero y unas gafas oscuras.

—Este es mi hijo, Hans. Le gustaría saber si podrías tocarle algo.

—Hola —dijo Lisa con timidez.

—Se alojará con nosotros en la residencia —añadió la señora Cohen con su seriedad habitual. Después, se marchó y los dejó a solas.

—Gracias por dejarme usar tus partituras. Espero que no te importara —dijo Lisa.

—No pasa nada. Para lo que las voy a necesitar... —repuso el muchacho con un extraño tono sarcástico—. ¿Podrías tocar algo de Debussy?

—¿*Claro de luna*? —propuso Lisa.

—¿Y qué te parece *La niña de los cabellos de lino*? —repuso él.

—No la conozco.

—Allí hay una copia de la partitura.

—No se me da bien la lectura a primera vista.

—Por favor... —le rogó.

Incapaz de negarse, Lisa interpretó como mejor pudo la primera página. Cuando vio el complicado pasaje de la segunda, se interrumpió, pues era demasiado perfeccionista como para permitirse cometer más errores.

—Tocaré *Claro de luna* —anunció y, sin esperar a la respuesta del muchacho, se embarcó en su pieza favorita.

—Mi madre tenía razón, tocas como los ángeles —dijo Hans cuando terminó.

—¿Me tocas tú ahora alguna pieza? —le preguntó Lisa.

Se produjo un largo silencio hasta que el muchacho respondió:

—Vale, lo haré, si me ayudas a llegar hasta el piano.

Lisa no se había dado cuenta hasta ese momento de que Hans era ciego. Le ayudó a llegar hasta el instrumento.

—Por favor, muéstrame dónde está el do central.

Lisa le apoyó el pulgar sobre la tecla correspondiente. Después, titubeando, Hans comenzó a interpretar *La niña de los cabellos de lino*, con calidez y determinación.

Al escucharle tocar, Lisa experimentó un sentimiento muy hondo. «Qué afortunada soy», pensó. Había dedicado tanto tiempo a pensar en lo horrible que era la situación y en lo preocupada que estaba por sus padres y por Rosie que no había tenido ocasión de dar gracias. Gracias por la huida de Sonia, gracias por su propia libertad. Sabía que Dios le había concedido un don y juró que le sacaría el máximo partido. Practicaría sin descanso para cumplir la promesa que le había hecho a su madre.

Capítulo 13

Hans se pasaba el día en el salón, leyendo libros en braille y escuchando la radio. El único respiro que se tomaba era para la sesión de ensayo de Lisa. Cada tarde, cuando Lisa regresaba del trabajo, Hans se sentaba con entusiasmo a su lado, sobre la banqueta del piano, y golpeaba con su bastón al ritmo de los ejercicios de Czerny, prodigándole halagos y sugerencias con cada nueva pieza que abordaba.

Después de cada sesión, Hans regresaba junto a la radio. Las últimas noticias no eran buenas. Los nazis habían desembarcado en Noruega, invadido los Países Bajos y entrado en Bélgica, Luxemburgo y el norte de Francia.

El tercer domingo de mayo, Hans corrió la voz de que esa tarde se produciría una emisión importante, el primer discurso del nuevo primer ministro. Casi la totalidad de los treinta y dos residentes se apiñó en el salón mientras Hans subía el volumen.

La voz de Winston Churchill era magnética y poderosa, y todos se inclinaron hacia delante para no perderse ni una palabra.

—Les hablo por primera vez como primer ministro en un momento crucial para el futuro de nuestro país... Se está produciendo una cruenta batalla en Francia y en Flandes. Los alemanes han traspasado las defensas de Francia al norte de la línea Maginot y están asolando el país a bordo de sus vehículos blindados... Sería una necedad ocultar la gravedad de la situación. Pero sería aún más necio perder el aliento y la valentía... En mi caso, tengo una confianza férrea en el ejército francés y en sus líderes...

Cuando Lisa se fue a la cama esa noche, estaba temblando de miedo. Sacó las fotos de su madre y de su padre y las aferró contra su cuerpo mientras se quedaba dormida.

Dos semanas después, Lisa recibió dos cartas. Una era de Sonia. «Tengo comida suficiente y estoy aprendiendo a hablar inglés, pero te echo mucho de menos y...».

La segunda carta resultó muy inquietante. Era la carta que Lisa había enviado a sus padres en Viena, dirigida al número 13 de Franzensbrückenstrasse, que había sido devuelta con un sello donde se indicaba que no había podido ser entregada.

Desesperada, Lisa convocó una reunión del comité. Günter, Gina, Paul, Aaron y Lisa se congregaron alrededor de la mesa del comedor y compartieron sus preocupaciones. Ninguno de ellos había recibido noticias recientes de sus padres. Acordaron reunirse en Bloomsbury House al día siguiente, después del trabajo.

El viejo y abarrotado edificio ya les resultaba familiar. Las oficinas de la Agencia para los Refugiados Judíos seguían atestadas, no solo de niños perdidos, sino de parientes desesperados en busca de noticias.

Los cinco adolescentes convencieron a la secretaria voluntaria de que tenían que ver al señor Hardesty en persona.

—¿Y qué tal van las cosas por Willesden Lane? —preguntó cuando los condujeron a su despacho.

—Señor Hardesty, no tenemos noticias de nuestros padres —dijo Lisa—. Nadie nos da ninguna información.

Lisa le entregó una lista escrita a mano con los nombres de todos sus progenitores.

—Por favor, ¿puede averiguar dónde están?

El señor Hardesty cogió la lista y la leyó. Después, se recostó en su asiento.

—Sabemos muy poco. La Cruz Roja está intentando averiguar todo lo posible. Lo único que sabemos es que muchos judíos están siendo enviados a campos de internamiento y eso explica por qué no estáis recibiendo ninguna carta.

—¿Campos? —preguntó Gina.

—Conocemos muy pocos detalles al respecto. Lo siento. En fin, si tenéis alguna pregunta sobre Inglaterra, será un placer...

Aaron se levantó bruscamente y se dirigió hacia la puerta. Los demás lo siguieron, pero Lisa se quedó rezagada un momento.

—Gracias, señor Hardesty —dijo.

♪

Cuando Lisa y Gina fueron a trabajar al día siguiente, los titulares de los periódicos anunciaban la peor noticia posible: PARÍS CAE ANTE LOS NAZIS. DE GAULLE HUYE A INGLATERRA. Lisa agarró a Gina de la mano y aceleró el paso.

—Lo conseguiremos, lo conseguiremos —canturrearon para ahuyentar el miedo.

En Platz & Hijos, Lisa ocupó su puesto ante la máquina de coser e inició otra agotadora jornada. Se dio cuenta de que la señora McRae, que estaba sentada frente a ella, llevaba un brazalete negro. Durante el almuerzo se confirmaron sus peores sospechas.

—¿Os habéis enterado?

—Al señor McRae lo mataron en Bélgica, no logró llegar hasta la playa para subir al barco.

—Ella se enteró ayer mismo. ¿Os podéis creer que haya venido a trabajar?

—Yo en su lugar habría hecho lo mismo.

Las trabajadoras comieron apresuradamente, pues el descanso para el almuerzo se había reducido a quince minutos. Lisa regresó al trabajo maravillada con el pueblo británico, que no parecía desfallecer, que lo había sacrificado todo. Vio que le temblaban las manos a la señora McRae mientras cosía un uniforme tras otro.

—Siento mucho lo ocurrido —dijo Lisa en voz baja.

La señora McRae le cogió la mano y se la estrechó con afecto, sin decir nada, y después introdujo otra pernera en su máquina.

La señora McRae tenía una chapa prendida de la solapa que decía: APOYAD A NUESTROS SOLDADOS.

♪

La caída de Francia dejó a Gran Bretaña aislada para enfrentarse a Hitler y los británicos se armaron de valor ante la expectativa de una invasión.

Hubo una sensación creciente de paranoia sobre posibles infiltrados enemigos entre la población. De repente, las mujeres demasiado rubias se volvieron «sospechosas». Un cartel que mostraba a una mujer elegante y sofisticada, rodeada de soldados que la admiraban, advertía: NO HABLES DE MÁS DELANTE DE MAMÁ.

La gente miraba por todas partes en busca de espías. Los trabajadores con ascendencia alemana o austriaca eran despedidos, y cincuenta mil inmigrantes —«intrusos», los llamaban— fueron recluidos al otro lado de alambres de espino en hipódromos, fábricas e islas apartadas, como la isla de Man.

♪

Un buen rato después de que se apagaran las luces en la residencia, un silbido que imitaba los compases iniciales del concierto para piano de Grieg en la menor resonó con insistencia desde el salón hasta la puerta del dormitorio de Lisa. La muchacha se levantó de la cama y despertó a Gina. Las dos se vistieron y bajaron corriendo al salón, donde Aaron, Hans y Paul estaban en pijama, con una vela en la mano.

—Günter no ha regresado —dijo Aaron, preocupado.

Apenas era medianoche. Se sabía que algunos chicos entraban a escondidas a esas horas, pero ¿Günter? Él nunca llegaba tarde.

—¿Qué deberíamos hacer? —preguntó Paul.

—Deberías despertar a tu madre —le dijo Aaron a Hans.

—¿Por qué yo? Soy ciego, no quiero perder también las orejas.

Todos se habían acostumbrado ya al humor sarcástico de Hans.

Los chicos se quedaron mirando a Lisa, con un mensaje claro: ella era la favorita, así que le tocaba despertar a la señora Cohen.

Lisa llamó suavemente a la puerta, pero no hubo respuesta, así que tuvo que llamar con todas sus fuerzas.

—¿Qué ocurre? —fue la airada respuesta.

—Günter no ha vuelto a casa.

—¿Quién?

—¡Günter ha desaparecido! —gritó Lisa a través de la puerta.

La señora Cohen se presentó poco después en el salón, con su larga melena castaña y canosa cayéndole sobre los hombros, en lugar de llevarla recogida en un moño como de costumbre. Se acercó al teléfono del rincón y deslizó el dedo sobre una lista de números de teléfono que había en la pared.

—¿Es la comisaría de policía? Soy la señora Cohen, de la residencia para refugiados de Willesden Lane. Ha desaparecido uno de mis pupilos.

Lisa vio que se le ensombrecía el rostro.

—¿Infiltrado enemigo? ¿Está de broma? Solo es un muchacho —gritó al auricular—. Ya sé que tiene dieciséis años, ya sé que es alemán... ¿Qué quiere decir con que lo van a internar? ¡Pero si es judío!

La señora Cohen colgó con fuerza el teléfono y abrió una gruesa agenda escrita a mano donde anotaba los nombres y direcciones del empleador de cada residente. Tras localizar el número del señor Steinberg, la persona para la que trabajaba Günter, lo marcó y le explicó la situación. Después, asintió con la cabeza.

—Se lo agradezco mucho. El señor Steinberg es inglés —les explicó a los preocupados adolescentes—. Acudirá en persona a la comisaría de policía y dará fe de la lealtad de Günter. Ya podéis iros a la cama —añadió.

Pero no le hicieron caso. Encendieron más velas y se sentaron alrededor de la mesa del comedor a esperar.

—¿Dieciséis? ¿Günter ha cumplido años hace poco? —preguntó Paul.

—La semana pasada. Pero solo me lo contó a mí —dijo Gina.

Aaron entró en el salón a oscuras y regresó con el tablero de ajedrez. Colocó las piezas y echó varias partidas con Hans. El muchacho ciego le derrotó en casi tocas.

En la parte trasera de la casa, Johnny estaba sentado en un cajón de leche, escribiendo en su cuaderno a la luz de una vela.

—¡Johnny! ¿Qué estás haciendo? —preguntó Lisa.

—Cuando no puedo dormir, escribo —respondió con nerviosismo.

—¿Me dejas verlo? —preguntó ella, inclinándose para mirar, pero Johnny tapó la página con sus voluminosas manos.

—No, no. No es bueno —insistió.

—Bueno, a lo mejor te apetece enseñármelo en otro momento —repuso Lisa, sonriendo, y se dirigió al jardín.

A las dos de la madrugada, Hans y Aaron seguían jugando, persiguiendo a sus reyes de un lado a otro del tablero. Lisa estaba más aburrida que una ostra.

—Hans —dijo—, ¿te importa si te hago una pregunta personal? —Intentó edulcorar la incógnita que llevaba tiempo queriendo resolver—. ¿Siempre has sido ciego?

Hans tanteó el tablero con la mano para comprobar dónde había dejado Aaron su peón y después suspiró, haciendo un gran esfuerzo por adoptar un tono desenfadado:

—No, Dios me concedió este regalo especial el año pasado.

—¿El año pasado?

—Una muchedumbre en la escuela me dio una paliza el día después de la *Kristallnacht*. El diagnóstico oficial fue que la pata de una silla me dañó el nervio óptico. Pero no hay por qué lamentarse, el rabino dijo que era un regalo.

Su voz estaba cargada de sarcasmo. Lisa se quedó perpleja.

—¿Por qué dijo eso?

—Dijo que era un regalo porque, de lo contrario, mi madre jamás podría haberme sacado de Berlín. Aún seguiríamos allí. Ella no se habría marchado, porque jamás pensó que pudiera ocurrirle algo. —Hizo una pausa para tomar aliento y después añadió—: ¿Quieres saber un secreto? Mi madre nunca ha ido a una sinagoga.

El salón se quedó en silencio un instante. Después, Hans volvió a apoyar las manos sobre el tablero y realizó su movimiento.

—Jaque mate.

♪

A las tres de la mañana, se levantó la reunión del comité y todos se fueron a la cama.

Cuando Günter llegó al fin a última hora de la tarde del día siguiente, sus amigos le rodearon de inmediato.

—¡Cuéntanos lo que ha pasado! —exclamaron al unísono.

Günter iba a bordo de un autobús de dos pisos cuando volvía del trabajo. La persona del asiento de al lado lo miró, vio que Günter estaba escribiendo una carta en alemán y llamó a la policía para que lo arrestaran por espía. Günter explicó que estaba escribiendo una tarjeta de cumpleaños para la hija de su empleador y que, además, era judío. ¿Por qué iba a ser él un espía? Pero tenía acento alemán y una tarjeta de residente extranjero, así que se lo llevaron a comisaría.

Judíos o no, los extranjeros mayores de dieciséis años estaban siendo detenidos. Por suerte, el señor Steinberg apareció a tiempo y firmó una declaración jurada donde afirmaba que la labor de Günter en su fábrica era «crucial para el esfuerzo de guerra y que sin él la cadena de montaje dejaría de funcionar».

Lisa se dio la vuelta hacia Paul y Aaron con cara de preocupación.

—¿Cuántos años tenéis?

—Quince —respondieron a la vez.

—Aun así, será mejor que tengáis cuidado.

Cuando Lisa y Gina iban a levantarse de la mesa, apareció Johnny y le dejó a Lisa un trozo de papel; después, se marchó sin decir nada. Lisa abrió el sobre y encontró este mensaje: «Por favor, no se lo enseñes a nadie». Le dio la espalda a Gina y leyó el poema.

Siempre veo los rostros,
los rostros en la estación.
Los rostros en la estación
que empiezan a difuminarse...

Siempre oigo las voces,
voces que llaman a alguien,
que me están llamando a mí,
pero yo no puedo responder.

Mi madre, mi padre,
mi hermana, mi hermano.
Están todos aquí,
siempre,
junto a mi corazón.

Lisa levantó la cabeza y vio que Johnny la estaba mirando desde el otro extremo de la habitación. Se sintió muy conmovida por esas sencillas palabras. Aquel poema había pulsado un acorde en su corazón de una manera que normalmente estaba reservada solo a la música. Le guiñó un ojo y Johnny sonrió, alzando su pluma a modo de saludo.

Lisa dobló cuidadosamente el papel y se lo guardó en el bolsillo, a salvo de miradas indiscretas.

Capítulo 14

Durante el verano de 1940, la guerra se extendió por los cielos de Gran Bretaña. Los periódicos estaban inundados de titulares sobre combates aéreos entre la Luftwaffe alemana y la Real Fuerza Aérea Británica. La costa del sur de Inglaterra fue la primera en recibir el ataque de los alemanes, que iban a por los aeródromos y las instalaciones de radar.

El 7 de septiembre comenzó el *Blitz* londinense. Durante las siguientes cuarenta y ocho horas, los niños de Willesden Lane no pararon de entrar y salir, día y noche, del refugio antiaéreo. Cuando acabó el fin de semana, habían caído dos toneladas de bombas sobre los muelles y la zona industrial del corazón del East End londinense, justo en el distrito donde se encontraba la fábrica de Platz & Hijos.

Conforme pasaron las semanas, nuevas oleadas de bombas siguieron asolando el East End. Durante una única y espantosa noche, se produjeron mil incendios. Los trabajadores comenzaron a quejarse de que su barrio estaba siendo el más castigado de todo el país. Lisa, Gina y las demás trabajadoras empezaron a salir temprano de la fábrica para que les diera tiempo a llegar a casa antes de que volvieran a sonar las sirenas. Lisa entraba corriendo en la residencia y aprovechaba todos los valiosos minutos que podía delante del piano, antes de que comenzara el ataque.

Una noche, cuando dieron el aviso de que el peligro había pasado, recogieron unos panfletos que habían caído del cielo. «Una última llamada a la razón», decía uno de ellos. El texto estaba escrito por Adolf Hitler e instaba a los ingleses a rendirse antes de que fueran aniquilados. Todos se rieron, pero Lisa no pudo evitar preguntarse si de verdad tenían motivos para tomárselo a guasa.

Cuando Gran Bretaña fue tomando la delantera poco a poco durante las horas diurnas, conteniendo un bombardeo nazi tras otro, los alemanes cambiaron de táctica y empezaron a atacar solo por la noche. Habían aprendido una costosa lección: aquella no sería la victoria rápida que esperaban. Por primera vez desde 1936, no pudieron conquistar un país en cuestión de semanas.

En un arrebato de fervor patriótico, Johnny anunció que se había apuntado al escuadrón de rescate. Mostró con orgullo su casco metálico, con una «R» bien grande pintada encima.

—Solo tienes quince años, John —le reprendió la señora Cohen.

—No me preguntaron la edad, señora —repuso él—. Solo el peso —añadió, provocando las risas de sus compañeros.

Johnny era enorme y corpulento, y sin duda podría ser de gran ayuda para el escuadrón de rescate. Lisa se acercó y le dio un beso para felicitarle por su valentía.

Una noche, acurrucada en el refugio, Lisa intentó determinar cómo podría aportar también algo al esfuerzo de guerra. ¿Qué podría hacer? No era tan fuerte como Johnny. Lo único que podía hacer era tocar el piano. Entonces cayó en la cuenta: podría ayudar a levantar la moral organizando un «recital», un pequeño concierto de música clásica y canciones populares, e invitar a los refugiados de otra residencia. La señora Cohen le dio su aprobación y todos sus compañeros se mostraron entusiasmados. Les dio la sensación de estar cumpliendo con su deber patriótico.

Lisa le pidió sugerencias a la señora McRae sobre canciones populares y las compañeras de trabajo donaron algunas partituras. La favorita de Lisa era: *¡Oh, soldado! ¿Quién es tu amada?*

Hans accedió a tocar su canción favorita, *Canta con todas tus fuerzas,* que había memorizado de las emisiones de la BBC.

Gina quiso ayudar.

—Dejadme que interprete las letras.

—Pero si no sabes cantar —repuso Lisa sin pensar.

—Sí que sé. ¡Lo que pasa es que no quieres compartir el protagonismo con nadie!

Gina estuvo enfurruñada varios días, hasta que, al darse cuenta de que el evento no sería el mismo sin el entusiasmo de su amiga, Lisa dio su brazo a torcer y le pidió que cantara. Todos se reunían ante el piano para ensayar hasta los últimos instantes previos a los ataques aéreos, que se habían vuelto diarios; después, la señora Cohen los metía a rastras en el refugio, mientras seguían cantando con todas sus fuerzas.

♪

El recital se programó para el día de Año Nuevo de 1941. La señora Glazer había estado haciendo acopio de mantequilla para poder preparar pasteles de picadillo de fruta, mientras que la otra residencia envió el equivalente a dos semanas de cupones de racionamiento de azúcar. Gina mejoró mucho sus dotes para el canto y dijo, medio en broma, que se estaba planteando hacer carrera en la música. Por su parte, Günter se agenció un par de castañuelas. Edith pidió prestado el oboe de un vecino y se aprendió las cinco notas más importantes, mientras Johnny marcaba el ritmo con su casco metálico.

Una semana de respiro en los bombardeos sirvió para levantar los ánimos de todos y permitió a los chicos dar los últimos retoques a su velada musical. Sin embargo, el 29 de diciembre, la sirena antiaérea volvió a sonar en mitad del ensayo vespertino. Todos soltaron un gemido, agarraron sus libros y el tablero de ajedrez y corrieron a refugiarse en el subsuelo. Todos menos Lisa.

Estaba harta de ese horrible refugio. ¡Necesitaba seguir practicando! Tocó enfervorecida, con sus acordes como única munición. Tocó con tanta intensidad que no oyó las bombas que caían cada vez más cerca.

De pronto, se oyó un estruendo ensordecedor y la onda expansiva de una bomba arrancó a Lisa del piano y la arrojó contra la pared del salón. Los cristales del balcón se hicieron trizas y las esquirlas salieron disparadas por toda la habitación.

Lisa se quedó tendida en el suelo, preguntándose si estaría muerta. Se revisó primero las manos: los dedos se movían ¡y también los brazos! Probó un músculo tras otro y descubrió que todos funcionaban. Estaba cubierta de polvo y astillas, pero no estaba sangrando, así que se levantó lentamente. En lugar de sentirse aterrorizada, la embargó una calma repentina. «¡Las bombas no pueden hacerme daño!», se dijo. Estaba ilesa, ¡y el piano también! La puerta se abrió de golpe y Aaron y Günter entraron corriendo.

—¡Lisa! ¿Te encuentras bien? —gritaron al unísono.

—De maravilla. ¡Podéis decirle al señor Hitler que estoy bien!

—¡Lo que le diré al señor Hitler es que estás loca! ¡Vámonos de una vez! —gritó Aaron, enfadado. Lisa nunca le había visto tan disgustado.

Se acercaba una nueva oleada de aviones. Aaron y Günter la cogieron cada uno de un brazo, la levantaron y la llevaron de vuelta al refugio.

Una vez bajo tierra, la señora Cohen abrazó a Lisa, aferrándola contra su pecho con alivio. Cuando se separaron, examinó a su pupila de arriba abajo, para asegurarse de que estuviera indemne. Satisfecha al comprobar que no tenía heridas, exclamó:

—¡Estamos en guerra, jovencita! No es momento de correr riesgos absurdos. He tenido que enviar a dos chicos a buscarte. ¡Podrían haberos matado a todos! ¡Nunca, nunca vuelvas a hacer eso!

Lisa se disculpó, pues estaba demasiado abrumada como para intentar explicarse, y se dispuso a consolar a los niños más pequeños. El ataque duró seis largas horas más. Ya había amanecido cuando los vecinos del barrio salieron de sus refugios. El olor a humo flotaba en el ambiente, junto con el polvo y la niebla. Cuatro casas de la manzana, incluida la residencia, habían recibido impactos, y los equipos de rescate estaban buscando a los residentes del número 239. Su jardín trasero había recibido un impacto directo y el refugio estaba cubierto de ladrillos y escombros. Los bomberos estaban intentando desesperadamente sacarlos a la superficie. Todos contuvieron el aliento hasta que finalmente un hombre cubierto de polvo y su esposa aparecieron en la entrada del refugio y saludaron.

Los niños de Willesden Lane aplaudieron. Habían tenido suerte.

Lisa y Gina se quedaron en la acera para ver cómo los bomberos inspeccionaban la residencia. Había un agujero en el tejado y las ventanas estaban completamente reventadas. Cuando los bomberos salieron y dieron el visto bueno, Lisa se sumó a los demás para entrar corriendo en el edificio.

—¡Tened cuidado, hay cristales rotos por todas partes! —gritó la señora Cohen, pero nada de lo que dijera podría detenerlos.

Lisa solo pensaba en una cosa: ¿dónde estarían las fotos de sus padres? Entró corriendo en su dormitorio. Abrió de golpe el cajón de la cómoda, sacó las fotografías y vio que estaban intactas, ni siquiera humedecidas. Leyó por enésima vez la frase *«Fon diene nicht fergesene Mutter»*. «De parte de la madre que nunca te olvidará».

—Estoy a salvo, mamá —susurró, confiando en poder comunicarse desde la distancia con Malka, dondequiera que se encontrara. Ojalá tuviera noticias suyas... ¿Dónde podría estar?

La señora Cohen la sacó de sus pensamientos tirándole suavemente de la manga.

—Por favor, Lisa, recoge rápido tus cosas. Tenemos que irnos.

Los treinta y dos niños fueron conducidos al albergue comunitario para pasar la noche. Habían vuelto a quedarse oficialmente sin hogar.

Capítulo 15

Nadie sabía con exactitud cuándo volvería a ser habitable la residencia. Tras haber limpiado los cristales rotos, los residentes fueron convocados de nuevo a la casa para mantener una breve reunión. Les dijeron que tomaran asiento en el salón. Günter, Aaron y Johnny apartaron el piano de las corrientes de aire frío que soplaban a través de las ventanas rotas. La señora Cohen se dirigió a la desalentada asamblea:

—¡Silencio, por favor, solo será un momento! —Cuando dejaron de hacer ruido, prosiguió—: La señora Glazer y yo llevamos todo el día contactando con nuestros vecinos para preguntarles si podrían alojaros hasta que nuestro hogar vuelva a ser habitable. Nos hemos desvivido para encontraros a todos un techo lo más cerca posible de Willesden Lane. Por desgracia, algunos de vosotros tendréis que alojaros fuera de Londres durante una temporada...

Un murmullo de inquietud se extendió por el grupo.

—¡Tened un poco de paciencia, por favor! —La señora Cohen parecía verdaderamente consternada—. Ya sé lo importante que es para vosotros manteneros en contacto con los demás. Nos hemos convertido en una familia. Por eso tenéis mi palabra de que haré todo cuanto esté en mi mano para conseguir que la residencia esté reparada lo antes posible. Por favor, esperad a que os nombre.

Lisa permaneció quieta durante la siguiente hora y vio cómo sus compañeros y amigos se iban uno por uno. Primero Gina, después Günter, después Aaron. Su ánimo fue decayendo más y más a medida que sus amigos se marchaban.

—Lisa Jura —dijo al fin la señora Cohen, y la vecina cuáquera del vestido negro entró en el vestíbulo.

Lisa la miró, sorprendida. ¡Esa mujer ya había hecho mucho por ella!

—Hola, querida Lisa —dijo la señora Canfield—. ¿Podrás perdonarme por haberme retrasado tanto? Quería haber llegado antes, pero me entretuvieron en una reunión.

Cogió a Lisa de la mano y la ayudó a recoger sus pertenencias. Bajaron juntas por la calle hacia Riffel Road.

Lisa se detuvo tímidamente delante de su nuevo hogar.

—Pasa, por favor. Como si estuvieras en tu casa —dijo la señora Canfield cuando Lisa accedió al vestíbulo. El mobiliario era muy austero y no había ningún piano.

—Seguro que te resulta duro separarte de tus amigos, pero intentaré que te sientas como en casa a pesar de todo —añadió amablemente su anfitriona, mientras la guiaba por las escaleras hasta un dormitorio diminuto.

Sobre la cómoda había una fotografía enmarcada de un joven con gesto pensativo, ataviado con un uniforme militar.

—Ese es mi hijo, John. Está en algún lugar de África. Le alegraría saber que le estamos dando un buen uso a su habitación.

—Es muy guapo —dijo Lisa, intentando iniciar una conversación.

—Es médico —añadió la señora Canfield, mientras contemplaba la foto con cariño—. Somos pacifistas, por supuesto, pero John está cumpliendo su papel para ayudar a su país. Me siento muy orgullosa de él.

♪

Una noche, mientras Lisa estaba tumbada en la cama durante un alto en los bombardeos, oyó un silbido que conocía bien ante la ventana de su dormitorio. Al principio pensó que debía de estar soñando, pero entonces se repitió el sonido: era la inconfundible melodía del concierto para piano de Grieg. Se levantó de un brinco y vio que Aaron estaba en la calle. Dio unos golpecitos en el cristal a modo de respuesta, después atravesó la casa de puntillas y abrió la puerta principal.

—¡Aaron! —exclamó con entusiasmo.

—Hola, señorita Jura... Bonita noche, ¿verdad? ¿Te apetece dar una vuelta? —preguntó él.

—¡Iré a buscar mi abrigo!

Lisa entró corriendo en la casa y se abrigó, prestando especial atención en el espejo al nudo de su bufanda.

Mientras paseaban por Riffel Road, Aaron le contó a Lisa dónde estaba viviendo y lo duro que estaba siendo. Su familia de acogida era aún más estricta que la señora Cohen.

—Pero eso da igual... Quiero que te reúnas mañana conmigo para el almuerzo. Tengo una sorpresa para ti.

—Solo tengo quince minutos para comer. Ya lo sabes —le reprendió Lisa.

—En Trafalgar Square, a mediodía —repuso Aaron con tono imperativo.

Cuando se trataba de una lucha de voluntades, Lisa siempre solía salir vencedora.

—Me niego a ir si no me dices de qué se trata.

Aaron hizo una pausa para alargar el suspense, después cedió y dijo:

—Myra Hess.

Lisa se puso a dar brincos de alegría y abrazó a su amigo.

♪

—Señor Dimble, lo siento, pero hoy tengo que ir a un sitio durante el almuerzo. Necesito una hora libre, por favor.

No le gustaba tener que mentirle al encargado, pero no le quedaba más remedio.

—Tengo que renovar mi tarjeta de residente extranjera —añadió, confiando en que el señor Dimble no supiera mucho sobre ese tema—. Luego me quedaré hasta tarde y recuperaré el tiempo perdido.

—¿Tiene que ser hoy? Los viernes hay menos jaleo —repuso él.

Lisa improvisó una respuesta:

—Mañana es mi cumpleaños, tengo que hacerlo antes de ese día.

—En fin, si no queda más remedio, adelante. Haré que alguien cubra tu puesto.

♪

Lisa subió corriendo a la tercera planta para buscar a Gina en el comedor y le pidió que le guardara el secreto. Después salió a toda prisa por la puerta y se metió en la estación de metro.

En Trafalgar Square, vio a Aaron apoyado sobre el enorme tobillo de bronce de la estatua del león.

—¿Lista?

—¡Lista!

Se cogieron de la mano y cruzaron corriendo la calle hasta la imponente Galería Nacional. Había un gigantesco piano de cola de casi tres metros de longitud situado al fondo de la sala y centenares de sillas que los amantes de la música estaban ocupando rápidamente. Lisa tiró de Aaron y buscó el asiento con la mejor visibilidad.

Entró una mujer muy bajita con el pelo corto y oscuro, en medio de una ensordecedora ovación, y se sentó ante el piano.

—Esta actuación está dedicada a los valientes hombres y mujeres que están luchando por nuestro querido país, Gran Bretaña —anunció.

Lisa se estremeció de euforia cuando el silencio se fue extendiendo entre el público y comenzó el concierto.

El sonido clamoroso del gran piano Steinway se extendió por la enorme sala e inundó el corazón de Lisa. La muchacha se permitió fantasear con aquello con lo que tanto había soñado en Viena: tocar delante de una gran audiencia en un importante auditorio. Por un momento, casi le pareció real. Lisa miró de soslayo a Aaron y vio que tenía lágrimas en los ojos.

Lisa experimentó un millar de ensoñaciones durante los siguientes cuarenta minutos. Se lamentó cuando las hermosas notas se acallaron y el concierto terminó. Tenía tantas cosas que decirle a Aaron, pero debía regresar a la fábrica. Le dio un abrazo rápido como agradecimiento y corrió a coger el autobús.

♪

Al día siguiente, durante el almuerzo, Lisa se sintió avergonzada cuando la señora McRae y las demás trabajadoras le cantaron el *Cumpleaños feliz*. Gina se echó a reír al ver la cara que puso su amiga, pero se calló cuando Lisa la fulminó con la mirada. Después de soplar la vela que habían colocado en lo alto de una magdalena diminuta, Lisa compartió aquel suculento postre con ella como pago por su silencio.

—Tengo novedades —dijo Gina—. No voy a seguir trabajando aquí.

—¿Qué quieres decir? ¿Por qué no? —preguntó Lisa, sorprendida y alarmada.

—La señora de la casa donde me alojo quiere que la ayude a cuidar de su bebé recién nacido.

—¡Ay, no! ¿Y está muy lejos? —preguntó Lisa.

—A cuarenta minutos en tren. No está tan mal, supongo.

Lisa se sintió muy sola de repente.

—Pero no solo seré una sirvienta —dijo Gina para animarla—. ¡La señora dice que podré asistir a la escuela por las mañanas! ¿No te parece maravilloso?

—Sí, lo es —respondió Lisa, tratando de disimular su tristeza mientras el bullicio del comedor desaparecía para dejar paso al silencio que se produjo en su interior al sufrir esa nueva pérdida.

♪

El silbido de la melodía de Grieg volvió a resonar ante la ventana de Lisa aquella noche. Como confiaba en volver a escucharlo pronto, Lisa había dejado preparados sus zapatos, su abrigo y una bufanda por si acaso. Salió de puntillas por la puerta principal, dejándola ligeramente entornada.

Aaron y ella pasearon por las calles oscurecidas a causa del apagón. Reinaba una calma agradable, aunque cada pocos minutos un haz de luz surcaba el cielo en busca de aviones enemigos. Caminaron despacio sin ningún rumbo en particular.

Aaron se mostró tan dulce y amable como el día anterior. Lisa no entendía qué podía provocar que su estado de ánimo variase tanto de un día para otro. A veces se mostraba sarcástico y resentido; otras, tierno y caballeroso, como en ese momento.

—¿Alguna noticia del comité? —preguntó Aaron.

—Gina tiene un nuevo empleo como niñera.

—Me pregunto cuánto tiempo le durará. —Aaron se rio—. Por cierto, ¿te has enterado de lo de Paul?

—No. ¿Se encuentra bien?

—Se lo llevaron el día después de su decimosexto cumpleaños. Está en la isla de Man.

—Es horrible —dijo Lisa—. ¿Cómo han podido? Es absurdo.

—Así son los británicos.

—No digas eso.

—Pero no te preocupes —dijo Aaron—. Günter recibió una carta suya. Dice que está bien y que la comida es mejor que la de la residencia. Dice que hay un montón de nazis y espías, pero que no abren mucho la boca para no llevarse una paliza. En seis meses le permitirán alistarse en el ejército.

Siguieron caminando y pasaron junto a la entrada de la estación de metro de Willesden Green.

—Aaron, quiero hacerte una pregunta personal. Por favor, no te enfades —dijo Lisa.

Aaron no dijo nada, así que Lisa prosiguió:

—¿Por qué lloraste ayer durante el concierto?

Lisa había estado reviviendo ese instante durante todo el día. Aaron se quedó callado unos segundos.

—Me acordé de la música de cámara en nuestra casa —dijo al fin.

—¿Teníais música de cámara en vuestra casa? —preguntó Lisa, sorprendida.

—Cuando era pequeño, discutía con mi madre porque me obligaba a ir al piso de abajo a escuchar. Lo único que quería hacer era quedarme en mi cuarto y construir puentes, como hacía mi padre. Tenía cientos de piezas de metal, pernos y tornillos que mi padre había fabricado para mí... —Su voz se acalló unos instantes—. Sin embargo, los domingos por la noche me obligaban a escuchar música de cámara en el salón. A ti te habría encantado.

—Pero ¿por qué llorabas? —le preguntó con suavidad.

—Por lo que sucedió cuando se acabaron esas veladas musicales. Mi padre era muy influyente en Mannheim, ¿sabes? Igual que su padre y que el padre de su padre. Había diseñado el nuevo puente que cruzaba el Rin. Los miembros de la filarmónica venían a casa, y el alcalde también. O lo hacían, hasta que los nazis se lo prohibieron.

Aaron se quedó absorto en sus recuerdos durante un rato.

—¿Y qué pasó luego? —preguntó Lisa, instándole a continuar.

—La gente dejó de venir a casa. Y cerraron la oficina de mi padre. Un domingo por la noche, se vistió de gala con su corbata negra, abrió la puerta principal y esperó a que llegaran los invitados. Mi madre se echó a llorar mientras le veía esperar y esperar. Por supuesto, no vino nadie.

Lisa guardó silencio mientras Aaron dejaba escapar un largo suspiro.

—Entonces salió por la puerta...

Lisa aguardó a que Aaron añadiera algo más, pero no lo hizo.

—¿Y qué pasó entonces?

—Lo encontraron flotando en el río..., cerca del puente que había construido.

Lisa se echó a llorar y le cogió de la mano. Siguieron caminando en silencio por las calles. En la esquina, bajo la farola apagada, Aaron la rodeó con un brazo y la besó. Lisa sintió cómo su corazón empezaba a derretirse.

Capítulo 16

Durante la primavera de 1941, las plantas comenzaron a florecer en el jardín delantero del número 243 de Willesden Lane y formaron un manto de bienvenida de flores moradas para la reapertura de la residencia. Las labores de reparación se aceleraron ante la insistencia de la señora Cohen, que quería que sus pupilos se reunieran lo antes posible. Llevaban separados varios meses. El día de la mudanza, la señora Canfield acompañó a Lisa hasta la esquina de la residencia, la abrazó y le dijo adiós.

—Prometo que vendré a visitarla —dijo Lisa.

—Eso me haría muy feliz. Quiero que sepas que ha sido muy agradable tenerte en casa. Me ha ayudado a mitigar mis penas por la ausencia de John. Mi puerta siempre estará abierta para ti.

♪

La señora Cohen saludó a cada niño con una sonrisa y un abrazo. Lisa cruzó alegremente la puerta principal y percibió de inmediato los cambios. Las cortinas para el apagón contaban ahora con cordones y podían enrollarse

125

en cualquier momento, haciendo que el lugar resultara más alegre y luminoso. Las ventanas estaban limpias, la moqueta estaba impoluta y el gramófono de la señora Cohen ocupaba ahora un puesto destacado junto al balcón acristalado: el mismo lugar que antes ocupaba el piano y donde ya no estaba.

Lisa se quedó estupefacta. ¿Se habría dañado el piano? Se dio cuenta de que la señora Cohen la estaba mirando con nerviosismo.

De pronto, un grupo de adolescentes liderado por Johnny, Aaron y Günter entró corriendo desde el pasillo.

—¡Sorpresa! —exclamaron.

Lisa se quedó perpleja. Antes de que pudiera recordarles que no era su cumpleaños, sus amigos la rodearon y la guiaron por el pasillo hasta la cocina. La puerta de la bodega estaba abierta.

—Sígame, maestra —dijo Johnny.

Lisa lo siguió escaleras abajo hacia el sótano mohoso. Habían retirado los encurtidos y las conservas, y en su lugar estaba el viejo y robusto piano.

La señora Cohen bajó cuidadosamente un par de escalones y se asomó a la estancia.

—No es el Royal Albert Hall, pero, si insistes en tocar durante los bombardeos, al menos deberías hacerlo en un lugar seguro.

Lisa se quedó sin habla. Cuando se recobró, dijo:

—No sé cómo agradecérselo.

—Deberías darles las gracias a ellos —repuso la señora Cohen, señalando a Johnny, Aaron y Günter—. Ellos se ocuparon. —Los chicos hicieron una reverencia—. Y, ahora, ¡no olvides ensayar! ¡No querría que hubieran bajado en vano ese trasto tan pesado por las escaleras!

Lisa les dio un beso a Johnny y a Günter en la mejilla; después, le dio a Aaron un beso romántico en los labios y los presentes prorrumpieron en una ronda de silbidos. Los chicos más jóvenes asomaron la cabeza desde la puerta de la cocina y exclamaron:

—¡Toca algo, Lisa!

Todos se congregaron alrededor del piano, apartando latas de guisantes y zanahorias y productos de limpieza para ver mejor.

Lisa se decidió por una pieza alegre, un impromptu de Schubert. Llevaba tiempo sin tocar y al principio se puso nerviosa. Estiró los dedos, los sacudió por encima de las teclas y después abordó la pieza.

—¡Vamos, Lisa! —la animó un niño de once años.

Tras los primeros acordes, Lisa exclamó hacia las escaleras:

—¡Vaya, señora Cohen! ¡Ha mandado afinar el piano! ¡Muchas gracias!

La mujer sonrió. Lisa era consciente del esfuerzo que le habría costado hacerlo, con el racionamiento, la falta de dinero y el otro millar de reparaciones de las que era responsable la señora Cohen. Concluyó la breve pieza de Schubert con una floritura y todos aplaudieron. Al contemplar esos rostros que tan bien conocía, se dio cuenta de lo mucho que había extrañado a su familia de Willesden Lane.

—A ver, chicos, ¡no podemos distraernos más tiempo! He colgado un letrero con la lista de tareas, así que ¡a trabajar! —dijo la señora Cohen, a su pesar, y los adolescentes subieron atropelladamente por las escaleras.

La señora Cohen se acercó a Lisa, que estaba cerrando el piano.

—¿Señorita Jura? Por favor, ven a mi habitación después de cenar, quiero comentar contigo una cuestión.

—Sí, señora —respondió Lisa, preocupada como siempre por el tono formal de la encargada de la residencia. ¿Habría hecho algo mal? Tal vez no debería haber besado a Aaron delante de todo el mundo.

♪

Lisa rezó para que la reunión con la señora Cohen tuviera algo que ver con la música y no fueran malas noticias sobre las muchas cosas que la preocupaban: sus padres, Rosie y Sonia. Llamó a la puerta con nerviosismo.

—Pasa, por favor —dijo la mujer.

La habitación había sido reordenada tras el bombardeo y todos los objetos que pudieran romperse habían sido retirados, dejando una estancia tan austera como la casa de un cuáquero. La señora Cohen estaba sentada en la cama y tenía delante un ejemplar abierto del periódico *Evening Standard*.

—Te he estado guardando esto —dijo la señora Cohen, mientras señalaba un pequeño anuncio en mitad de la página.

El anuncio decía: «Audiciones para becas y estudios en la Real Academia de Música. Se aceptarán solicitudes hasta el 1 de abril. Abierto a todos los estudiantes con aptitudes en la interpretación musical de repertorio clásico».

¿La Real Academia de Londres? Lisa sintió una oleada de emoción. Allí era donde se formaban los grandes músicos. ¡La mismísima Myra Hess había estudiado allí! ¿De verdad cumpliría los requisitos para una escuela así?

—¿Te gustaría presentarte a una audición? —preguntó la señora Cohen.

—¿Dejarían que una chica refugiada acudiera a la Real Academia? —preguntó Lisa.

—¿Y por qué no? No es ninguna vergüenza ser un refugiado, jovencita —la reprendió la mujer.

Lisa se sintió abrumada, no solo por la posibilidad de una audición, sino por la gratitud que sintió hacia la señora Cohen. Le costaba creer que alguien estuviera pendiente de ella, que alguien la ayudara a tomar decisiones sobre su futuro. Estaba acostumbrada a poder contar solo consigo misma desde que se había despedido de sus padres dos años antes.

—Pero es que hace tres años que no estudio.

—Has estado practicando, ¿no es así?

—Pero sin profesor, puede que no haya servido para nada —repuso Lisa, sintiendo una tremenda inseguridad.

—¿Confías en tus habilidades, cielo?

Lisa tenía un brillo en los ojos, pero no podía articular palabra.

—Lo tomaré como un sí. ¿Te interesa o no?

La frase «conviértete en una mujer de provecho» copó sus pensamientos. Sabía que su madre se sentiría orgullosa. Sería lo primero que le contaría en cuanto la viera. ¡Una audición en la Real Academia!

—Sí, señora. Me interesa —respondió con determinación.

—Bien. Ahora, vamos a cenar.

La señora Glazer sacó las humeantes bandejas de carne y la abarrotada mesa aplaudió con entusiasmo. La cocinera hizo una pausa antes de volver a entrar corriendo en la cocina y dijo:

—Es un placer teneros a todos de vuelta. Para ser sincera, os he echado mucho de menos. ¡Me he aburrido mucho sin vosotros!

Todos se rieron. Después, la señora Cohen sacó una pequeña pila de correspondencia.

—Me temo que no han llegado muchas cartas, pero sí tenemos unas cuantas... Lewin, Kingman, Weisel, Jura y Mueller.

Las cartas fueron pasando de mano en mano hasta sus expectantes destinatarios. Lisa cogió la suya con cautela. El sello pertenecía a la República de México, y no reconoció el nombre que venía en el remite. Se la guardó rápidamente en el bolsillo.

—¿No vas a leerla? —preguntó Aaron.

—No es de buena educación, esperaré hasta después de la cena —repuso.

Pero la verdad era que Lisa siempre se sentía aterrorizada cuando recibía una carta. Las noticias nunca eran buenas y acarreaban muchas decepciones. Decidió disfrutar de lo que quedaba de la cena del *sabbat* antes de descubrir qué nuevos disgustos la esperaban.

♪

Después de que los niños devorasen el postre, Aaron susurró:

—Ve a buscar tu abrigo. Vamos al convento de al lado.

Lisa asintió y subió al piso de arriba.

La puerta del convento estaba abierta. Aaron había traído una manta y una vela, y los dos se acomodaron en una de las habitaciones de la parte frontal del edificio.

—¿Me la puedes leer? —preguntó Lisa con un hilo de voz, al tiempo que le entregaba la carta. Se sintió aliviada de tenerlo a su lado.

Aaron abrió el sobre con cuidado. El folio azul propio del correo aéreo estaba cubierto por una caligrafía pulcra y fechado el 20 de marzo de 1941, apenas la semana anterior.

—«Querida Lisa, me llamo Alex Brenson. Soy primo de tu cuñado Leo. Te escribo para saber si tienes alguna información relativa a Leo y Rosie, ya que hemos perdido contacto con ellos desde su huida a París».

—¿A París? ¿Llegaron hasta París? —preguntó Lisa, aliviada y preocupada al mismo tiempo.

Aaron siguió leyendo:

—«Por si no te habías enterado, Rosie y Leo fingieron ser unos turistas holandeses ebrios que regresaban después de pasar la Nochevieja en Viena y consiguieron engañar a los guardias nazis para que les dejaran subir al tren. Viajaron hasta Amberes, donde mi padre les ayudó a entrar de incógnito en Francia. Recibimos una postal un mes después, donde contaban que se habían casado. Después llegaron nuestros visados y partimos hacia México. Eso fue hace ocho meses y desde entonces no hemos tenido noticias suyas».

Lisa dejó escapar un sollozo.

Aaron le prestó su pañuelo.

—Continúa.

—«Rezamos para que Leo y Rosie hayan podido salir de Francia, porque estamos recibiendo noticias de que los judíos ya no están a salvo allí. Han comenzado las deportaciones hacia campos de prisioneros en Polonia. Hemos pedido información a la Cruz Roja, pero no hemos sacado nada en claro. Confiamos en que tú sepas algo y puedas ponerte en contacto con nosotros, ya que ellos no conocen nuestra dirección en México».

Lisa se estremeció mientras pensaba en su bella hermana y trató de convencerse de que estarían a salvo en alguna parte. ¿Estarían escondidos? ¿Habrían logrado escapar?

No paró de darle vueltas en la cabeza.

Sus pensamientos quedaron interrumpidos por el estridente sonido de la sirena antiaérea. Aaron y Lisa esperaron abrazados hasta que vieron una procesión de farolillos y oyeron unas pisadas en el edificio de al lado que se dirigían hacia el convento.

Tal vez fuera el alivio que sintió tras la reunión de Willesden Lane lo que levantó el ánimo de Lisa, o quizá el tiempo que pasó entre los brazos de Aaron. Sea como sea, Lisa estaba tarareando en voz baja el concierto de Grieg cuando la señal de que había pasado el peligro sonó unas horas más tarde.

Capítulo 17

En la fábrica, Lisa decidió que ya era hora de incluir al señor Dimble y a la señora McRae en su «otra vida» y preguntó si podría optar por una jornada de trabajo más corta (con una reducción de salario, por supuesto) para así tener más tiempo para ensayar. Les mostró el recorte de periódico con el impresionante logo de la Real Academia y les contó sus planes de presentarse a una audición.

—Pero si eso es para señoritos, ¿no? —dijo el señor Dimble, un tanto escéptico.

—Ten corazón, Raymond, no sería la primera vez que permites a un trabajador que se reduzca la jornada. ¡Te he visto hacerlo! ¿Por qué no dejas que vaya a practicar con el piano? —intervino la señora McRae.

El señor Dimble meneó la cabeza como si aquello escapara a su comprensión.

—Está bien, podrás salir a las tres, ¡pero nada de holgazanear antes de esa hora, jovencita!

—Se lo agradezco mucho —le dijo Lisa mientras el señor Dimble se alejaba para interceptar un cargamento de tela.

Después de trabajar, Lisa se fue derecha a la Real Academia de Música, donde una secretaria muy amable se dio la vuelta para alcanzar una pila de papeles y le entregó unos folios mimeografiados.

—La fecha tope para la solicitud es el próximo viernes. Por favor, detalla el repertorio de tu elección y tráenos de vuelta el formulario rellenado.

Al salir, Lisa observó a los chicos y chicas jóvenes que pasaban apresuradamente junto a ella. Captó retazos de conversaciones que incluían palabras tales como «arte», «alma» y «belleza». Aquello era como un sueño.

Al llegar a casa, Lisa fue corriendo a buscar a Hans.

—¡Tengo la solicitud! ¿Me ayudas a rellenarla?

Se pusieron manos a la obra. Hans se sentó a lo indio en el sofá mientras Lisa leía:

—«Se recomienda que los candidatos seleccionen cuidadosamente un repertorio que les permita sacar el máximo partido a sus capacidades».

—¡Esto es fabuloso! —exclamó Hans, interrumpiéndola, tan entusiasmado como si fuera su propia audición.

—«Todo el repertorio deberá ser interpretado de memoria» —prosiguió Lisa—. ¡Lógico!

—Eso es evidente —añadió Hans—. Y bien, ¿qué piensas tocar?

Lisa siguió leyendo:

—«Los candidatos deberán interpretar una obra de cada uno de los principales periodos estilísticos de la música clásica. Primero: Bach, elija un preludio o una fuga de *El clave bien temperado*».

Lisa se quedó pensativa un instante y después exclamó:

—*¡En re menor!*

—No es mala idea —coincidió Hans—. Bien, el siguiente.

—«Una sonata de Beethoven» —leyó Lisa—. ¡Podría tocar las treinta y dos variaciones!

—Dice una sonata —repuso Hans.

—Tienes razón. Solía tocar la *Sonata en la mayor* cuando vivía en Viena —propuso y después tarareó los primeros compases.

—Le falta fuerza. No olvides que habrá mucha competencia. Tienes que deslumbrarlos. ¿Qué te parece la sonata *Pathétique*?

—Apenas he tenido tiempo de ensayarla.

—¿Y sabes tocar *Waldstein*?

—¡Cielos, no! ¡Preferiría tocar *Pathétique*!

—Pues nos quedamos con esa —sentenció Hans.

Lisa siguió leyendo:

—«Una obra destacada de algún compositor romántico: Chopin, Schumann, Schubert, Brahms...». Eso es fácil, tocaré un nocturno de Chopin, ese que tanto te gusta.

—No tiene suficiente relevancia.

—¡Pero es que se me da genial! —replicó Lisa.

—No puede ser. —Hans se quedó pensativo un instante—. Ya sé cuál será la elegida. Es ideal para ti.

Se levantó, se acercó a tientas hasta el gramófono y lo encendió para que se calentara. Después señaló hacia la pila de discos.

—Búscame la grabación de Rubinstein. Quiero que escuches la *Balada en sol menor* de Chopin.

Obedeciendo, Lisa localizó el disco y lo pinchó en el gramófono. Después se acomodaron en el sofá para escuchar esa balada apasionada y desgarradora.

—Representa todo lo que eres, Lisa. Tienes que tocarla —afirmó Hans.

Escucharon cómo Rubinstein abordaba con vehemencia los complicados y atronadores acordes de la coda.

—¿Crees que seré capaz de hacer eso? —Lisa se había quedado patidifusa.

Hans la miró con una ligera preocupación.

—Me había olvidado de la coda. ¿Crees que es demasiado difícil?

Las palabras «demasiado difícil» prendieron el espíritu competitivo de la muchacha. ¿Acaso no era ella, Lisa Jura, la niña prodigio de Franzensbrückenstrasse, el orgullo de todos sus vecinos? ¿Qué diría su madre si desaprovechaba su oportunidad porque una pieza era «demasiado difícil»? Escuchó la pasión ardiente que desprendían las notas de Rubinstein, asintió para sus adentros y se limitó a decir:

—Sí, esta es la pieza.

♪

Lisa se dispuso a aprenderse las notas de un modo metódico y, día tras día, empezaba a familiarizarse cada vez más con las piezas de Beethoven y Chopin.

Su descanso favorito de los ensayos se producía después de cenar, cuando Aaron, Günter, Hans y ella se turnaban con el gramófono. La señora Cohen había impuesto un estricto racionamiento del reproductor desde que empezó a haber discusiones por la elección de la música.

El disco favorito de Johnny era uno de Glenn Miller. Cuando terminaba su turno de veinticuatro horas en la estación de bomberos, disfrutaba de sus veinticuatro horas libres en la residencia y, cuando empezaba a sonar el solo de trombón, durante unos minutos levantaba la cabeza de los papeles que tenía delante. El resto del tiempo lo dedicaba a escribir sin descanso en sus cuadernos. De vez en cuando le enseñaba sus poemas a Lisa, que los encontraba muy evocadores.

A los niños más pequeños les encantaba sentarse sobre los enormes zapatos de Johnny para que los levantara con las piernas al tiempo que seguía escribiendo en su libreta. Desde que Lisa le había dicho lo mucho que le gustaban sus poemas, sus amigos le habían aceptado más. Lisa le animó a compartir sus escritos con los demás, pero él se resistía y reservaba su poesía solo para ella.

Cuando era el turno de Lisa para usar el gramófono, Aaron y ella escuchaban por enésima vez la grabación de la balada de Chopin interpretada por Arthur Rubinstein mientras ella apoyaba la cabeza en su hombro. El rato que pasaban junto al gramófono resultaba especialmente duro para Günter, que solo había visto a Gina una vez desde que todos los demás volvieron a mudarse a Willesden Lane. Si tenían suerte, la sirena antiaérea no sonaba y podían dedicar treinta minutos mágicos a dejarse llevar por la belleza de la música.

Lisa prestaba mucha atención, pero escuchar una grabación no era lo mismo que tener un maestro. «Ojalá el profesor Isseles estuviera aquí para echarme una mano», pensó. Aunque en el fondo no suspiraba tanto por su profesor como por su madre. Algunas noches apoyaba la cabeza sobre el teclado y se lamentaba:

—Mamá, ¿por qué no puedes estar aquí para ayudarme?

Capítulo 18

La persistencia de Lisa sirvió de inspiración para los demás. En otoño, Edith se apuntó a un curso de taquigrafía, decidida también a «convertirse en una mujer de provecho». Günter le rogó a su jefe, el señor Steinberg, que hiciera honor a su afirmación de que el muchacho era «crucial para el esfuerzo de guerra» y fue ascendido al Departamento de Contabilidad. Hans se inscribió en un curso para formarse como fisioterapeuta y llevó a la residencia libros de anatomía en braille para estudiar. Por su parte, Johnny siguió escribiendo poemas y anunció que la música de Lisa le había convencido para convertirse en escritor cuando acabara la guerra.

Aaron fue el único, a ojos de Lisa, que no se sumó a la «brigada del trabajo duro». Llegaba tarde varias veces por semana y tenía que lanzar piedrecitas a la ventana del tercer piso para que Günter bajara a abrirle.

En medio de todo eso, estaba la amenaza constante de las bombas. Los titulares anunciaban: ¡1000 MUERTOS EN UNA NOCHE INFERNAL! Después, al día siguiente, la represalia: LOS PILOTOS DE LA RAF ATACAN LA REGIÓN DEL RUHR. La destrucción se extendía de un bando a otro.

En medio de todo ese caos, Lisa mantuvo una disciplina férrea y no paró de ensayar. Los dos meses siguientes los dedicó a practicar los fundamentos y la lectura a primera vista. Todas las tardes, después de una larga jornada en la fábrica, Lisa cumplía diligentemente con el ensayo vespertino y, tras una cena rápida, regresaba al sótano para una ardua hora de instrucción.

Hans estaba a cargo de la lectura a primera vista. Como había memorizado hasta la última nota de sus propias partituras, daba indicaciones a Aaron para que eligiera una pieza que Lisa no hubiera interpretado nunca, pero que él conociera a la perfección.

—Está bien, fíjate en la armadura de la composición y piensa con un compás de antemano. ¿Preparada? ¡Ya!

Hans dio una palmada y Lisa comenzó a tocar.

—Es curioso, ¿eh? ¡Un ciego dándote lecciones de lectura a primera vista! —exclamó Hans para hacerse oír entre la melodía.

La teoría musical era la especialidad de Aaron. Finalmente admitió ante Lisa que había estudiado violín en Mannheim y había aprendido los fundamentos sobre dominantes, subdominantes y acordes invertidos. Tenía facilidad para los principios teóricos y fue capaz de resumir y explicar pacientemente los principios de la armonía.

—Ojalá hubiera sabido eso antes —dijo Lisa, maravillada.

Se acomodaban juntos en el sofá del salón, mientras la música de Glenn Miller resonaba desde el gramófono, y ella trataba de identificar los cambios de acordes a medida que el *swing* de la melodía inundaba el ambiente.

El solfeo supuso un reto para todos. Los canturreos de Lisa no resultaban especialmente inspiradores, y el «do, re, mi, fa, sol, la, si» no era una melodía demasiado agradable que digamos. Por el bien de toda la residencia, Edith insistió finalmente en que la cantinela del «do, re, mi» quedara relegada al sótano.

♪

Un día, sin previo aviso, Gina llegó a la residencia.

—¡He vuelto! —fue la única explicación que dio, y después se mostró tan parlanchina como siempre.

Había conseguido un empleo como esteticista y dejó su trabajo como niñera en Richmond para volver con sus amigos al número 243 de Willesden Lane. Todos se alegraron de verla, sobre todo Günter, que se pasó varios días sonriendo sin parar. Gina le confesó a Lisa que la sonrisa de Günter hacía que valiera la pena la bajada de categoría que supuso su nuevo empleo. En un abrir y cerrar de ojos, las dos amigas volvieron a compartir confidencias nocturnas sobre el amor y la vida en general. La mayoría de las noches, Gina se quedaba tumbada boca arriba en la cama, sonriendo de oreja a oreja, mientras Lisa se acurrucaba a su lado, lamentándose de la faceta huraña de Aaron. Su problema de actitud había empeorado.

Una tarde, la discusión entre la señora Cohen y Aaron fue especialmente acalorada. Ya se debiera al nuevo edicto que había recibido de Bloomsbury acerca de unas reglas más estrictas para el toque de queda o, simplemente, a la actitud insolente de Aaron, el caso es que al final se le agotó la paciencia.

—La próxima vez que vayas a llegar después del toque de queda, no te molestes en volver.

—Está bien, como quiera —repuso Aaron, que bajó al sótano para desahogarse. Intentó conseguir el apoyo de Lisa, pero fue en vano.

—¡La señora Cohen tiene razón, tontaina! Tienes que ser más serio. Siempre estás perdiendo el tiempo —le reprendió Lisa.

—¡Estoy harto de que me hables como si fueras doña Perfecta! —replicó Aaron, que se dio la vuelta y se marchó.

Lisa siguió ensayando, pero al cabo de un rato le entraron los remordimientos y subió corriendo al salón para buscar a Aaron y disculparse.

No lo vio por ninguna parte, así que regresó al sótano a seguir con la pieza de Bach.

Al día siguiente, por la noche, Lisa se quedó desolada al ver que Aaron aún no había regresado. Se tumbó en la cama, afligida y preocupada.

—Es todo culpa mía —se lamentó.

Gina intentó consolarla:

—No te preocupes, solía hacerlo a menudo antes de que tú vinieras. Ya volverá.

Pero Aaron no regresó a la noche siguiente, ni a la otra. Lisa se recostó en la cama mientras daban el aviso para apagar las luces, con el cuerpo sacudido por un ataque de tos.

—Tal vez deberías dejar de ensayar durante un tiempo, Lisa. Hace mucho frío ahí abajo —le dijo Gina, preocupada.

—Solo es un poco de tos. Se me pasará, no te preocupes.

—Pues como no se te pase pronto, no vamos a poder pegar ojo —dijo Gina, medio en broma, medio en serio.

Durante la tercera noche, sonó el teléfono del pasillo y las chicas oyeron las pisadas de la señora Cohen por las escaleras.

—¿Lisa? —llamó la mujer—. Es Aaron Lewin al teléfono.

Lisa se levantó de un brinco, corrió al piso de abajo y cogió el auricular.

—Aaron, Aaron, ¿estás bien?

Gina bajó sin hacer ruido por las escaleras y escuchó la conversación de su amiga, que se aferró el teléfono a la oreja.

—¿Qué? ¿Durante cuánto tiempo? —exclamó Lisa, alarmada—. Espera, espera, ¡no cuelgues! ¿Aaron? ¿Aaron? —gritó.

La mano con la que sujetaba el auricular se quedó inerte.

—Solo tenía una llamada de un minuto —les contó con incredulidad a Gina y a la señora Cohen cuando se acercaron.

—¿Qué ha pasado? —preguntaron al unísono.

—¡Han arrestado a Aaron! Y lo han enviado a la isla de Man..., ¡por ser extranjero!

—Ay, Dios mío, ¿y durante cuánto tiempo? —preguntó Gina.

—N-no lo sé —tartamudeó Lisa.

La señora Cohen cogió el auricular y lo volvió a dejar sobre su soporte.

—Estaba claro que iba a acabar sucediendo tarde o temprano. Tienes que admitir que se lo estaba buscando.

Cuando Lisa empezó a llorar, la señora Cohen la abrazó.

—No será para siempre. Venga, querida, sube al piso de arriba e intenta dormir un poco.

Lisa se separó del tímido abrazo de la señora Cohen, subió corriendo por la escalera y se lanzó sobre la colcha de su cama helada. Su llanto desembocó en un ataque de tos.

Gina se acercó a su amiga, preocupada.

—¿Quieres que le pregunte a la señora Cohen si puede prepararte un poco de agua caliente con limón?

—¡Aaron no se lo merece! ¿Por qué habría de merecerlo? Seguro que la señora Cohen le odia.

—No lo dijo con mala intención. Por supuesto que no se lo merece.

—¡Es todo culpa mía!

—¿Por qué dices eso? Se están llevando a un montón de chicos. ¡Mira a Paul! —dijo Gina con toda la empatía que fue capaz de reunir a esas horas de la noche.

Lisa siguió farfullando, sin escuchar lo que le decía su amiga:

—Es todo culpa mía. Si no hubiera sido tan dura con él, no se habría marchado.

—No es culpa tuya, y, además, Paul dijo que no se estaba tan mal en el campamento, ¿recuerdas? —añadió Gina.

—¿Y tú qué sabes? —estalló Lisa, que se levantó de la cama a toda prisa y salió dando un portazo.

¿Cómo iba a poder vivir sin Aaron?

♪

Lisa pasó un mes de diciembre horrible. Ensayó con más ahínco todavía, pero ya no contaba con un abrazo cálido al final de la jornada para contener el frío implacable. Aaron envió varias postales, disculpándose por haber sido tan descuidado, pero sus breves misivas solo consiguieron que Lisa le añorase todavía más.

Los ataques de tos empeoraron. A veces eran tan fuertes que la señora Cohen podía oírla toser a través de la puerta del sótano. Una noche, mientras la encargada de la residencia estaba en lo alto de las escaleras, escuchando esas toses tan alarmantes, se le ocurrió una idea. Se dirigió al teléfono e hizo una llamada.

Al día siguiente por la tarde, cuando Lisa estaba tocando un pasaje lírico de *Pathétique,* oyó que alguien llamaba a la puerta. Se abrió ligeramente y un rostro familiar asomó a través de la abertura.

—¿Lisa? ¿Puedo entrar? —dijo la señora Canfield.

—¡Anda, hola! —exclamó Lisa, sorprendida—. Sí, por favor, baje.

La señora Canfield descendió cuidadosamente por los escalones, seguida de Johnny, que cargaba con una pequeña y anticuada estufa de carbón. Lisa vio que era la misma que había en la casa de Riffel Road.

—No puedo aceptarla —protestó.

—Tonterías —repuso la mujer cuáquera—. Te vas a morir de frío aquí abajo.

—¿Y qué utilizará usted en casa?

—Tengo abrigos y jerséis a montones. No la necesito.

—Se lo agradezco de veras, pero no puedo aceptarla —insistió Lisa.

—Puedes y lo harás —repuso la señora Canfield con tono tajante.

Lisa acabó cediendo.

—Gracias —dijo. No había querido admitir lo débil que se sentía últimamente y, sin duda, le vendría bien un poco de calorcito.

Johnny encendió la estufa y, cuando se aseguró de que funcionaba como es debido, se levantó y le entregó a Lisa un folio doblado. Ella lo abrió rápidamente, vio que era un poema y sonrió.

—Gracias, Johnny, ¡lo dejaré sobre el piano para que me inspire!

—¡Cuídate y no pases frío! —le dijo Johnny mientras volvía a subir por las escaleras.

—¿Te importa si me quedo a escuchar? —preguntó la señora Canfield.

—Sí, por favor, quédese —respondió Lisa.

La señora Canfield sacó los artilugios de costura que había traído, se recostó en su asiento y sonrió.

—Lisa, no sabes el consuelo que da esa música tan bonita que tocas.

Una hora después, más temprano de lo habitual, sonó la sirena antiaérea. La señora Canfield se quedó y escuchó a Lisa mientras ahuyentaba los bombarderos con sus acordes.

Por lo general, la sirena que anunciaba el final del ataque sonaba varias horas después, pero aquella noche fue una excepción. Hora tras hora, el estrépito de las bombas resonó por encima de ellas. Por más que aporrease el piano, Lisa no consiguió amortiguar el estrépito. Empezó a toser y no pudo parar, así que se acurrucó junto a la estufa, arropada con una manta, al lado de la señora Canfield, que la rodeó con un brazo. Cansada de mostrar valentía a todas horas, Lisa empezó a llorar.

—¿Qué ocurre, querida? —preguntó la señora Canfield.

—A veces añoro tanto a mi familia que siento que no podré... que no podré salir adelante sin ellos. Ni siquiera sé por qué debería hacerlo.

La señora Canfield abrazó con fuerza a la temblorosa muchacha.

—No está en tus manos decidirlo —dijo—. En última instancia, nuestro mundo está en manos de Dios. Estamos aquí para cumplir su voluntad. Y creo que su voluntad es que toques el piano. Percibo una verdad muy poderosa en tu música.

—Mi madre siempre me decía que me aferrase a la música.

—Tienes que seguir avanzando con esa certeza en tu corazón, Lisa. Escucha las palabras de tu querida madre.

Finalmente, sonó la sirena que anunciaba el fin del peligro y la señora Canfield miró su reloj. Eran las cinco de la madrugada. Ayudó a Lisa a subir al piso de arriba y salieron de la residencia para contemplar el gélido amanecer. Willesden Lane se había librado, pero parecía como si el resto de Londres estuviera en llamas. «¿Estarán llegando los nazis?», se preguntó Lisa de repente. Sintió que las fuerzas la abandonaban.

♪

Lo siguiente que recordaba fue despertarse en su litera. Gina le dio un tazón con sopa de pollo caliente.

—¡Estás despierta! Estás despierta... Ay, Lisa, ¡nos tenías tan preocupados! —exclamó Gina, que se fue corriendo a dar la noticia.

La señora Cohen se presentó de inmediato en el piso de arriba.

—Nos has pegado un buen susto, querida —dijo con un ligero tono de reproche—. El médico ha dicho que tendrás que guardar cama durante el resto de la semana. Dice que padeces una bronquitis aguda.

—¿Una qué? —exclamó Lisa, alarmada, pues no conocía ese término.

—Bronquitis, una tos muy severa. No vas a levantarte de ahí.

—Pero es que tengo que ensayar —replicó Lisa.

—No hasta que te mejores. Es una orden.

Gina estaba ansiosa por meter baza. Quería contarle a Lisa todo lo que estaba pasando.

—Llevas durmiendo dos días seguidos. ¡Te lo has perdido todo! —exclamó.

—¡Gina! —la interrumpió la señora Cohen—. Deja descansar a Lisa, por favor.

—No, señora Cohen, quiero saber qué está pasando. ¿Han llegado los nazis? —preguntó, asustada.

—¿Los nazis? ¡No, tonta! ¡Los que vienen son los yanquis! ¡Estuviste dormida durante el bombardeo de Pearl Harbor!

—¿Pearl qué? —preguntó Lisa, totalmente perdida.

—Los americanos se han unido a la guerra —explicó la encargada de la residencia—. Ya te contaremos los detalles más tarde, cielo.

De pronto, Gina se llevó las manos a la cabeza y empezó a llorar.

—¿Qué ocurre? ¡Cuéntamelo, por favor! —exclamó Lisa.

—Calla, Gina, debemos dejar que descanse —dijo la señora Cohen.

—Es Johnny —dijo Gina, ignorando la orden.

—¿Johnny? ¿Qué ha pasado?

—¡Gina! —repitió la señora Cohen con severidad.

—Por favor, cuéntamelo. ¿Está muerto? —susurró Lisa.

—Está herido de gravedad. Cedió la pared de un edificio donde estaba ayudando a apagar un incendio. Está luchando con valentía en el hospital y nos manda recuerdos a todos. Sobre todo a ti, Lisa —explicó la señora Cohen.

—Es posible que pierda las piernas —añadió Gina con tristeza.

Unas lágrimas brotaron de los ojos de Lisa.

—¡Oh, no! ¿Puedo ir a verlo? —preguntó.

—No puedes salir de la cama —sentenció la señora.

Lisa les dio la espalda para controlar sus emociones. «Qué horrible es la guerra», pensó mientras rezaba por su amigo.

Capítulo 19

Tras dos semanas de reposo en la cama, a Lisa se le curó la fiebre, pero las toses persistieron. La fecha para la audición se acercaba a toda velocidad, así que, a pesar de las reservas de la señora Cohen, Lisa retomó un plan de ensayos modificado.

La semana previa a la audición, Lisa se saltó su ensayo del lunes por la tarde y fue a ver a Johnny al hospital. El muchacho, pálido y visiblemente más flaco, estaba confinado en la cama, y la enfermera jefe le dijo a Lisa que no debía alargarse mucho con la visita.

Johnny sonrió al ver a su amiga, que le dio un beso en la frente.

—Entonces, ¿estás preparada? —preguntó el muchacho.

—¿Para qué? —bromeó Lisa, como si no supiera que todos estaban contando las horas que quedaban para la audición.

—¿Qué tocarás primero?

—La pieza de Chopin.

—Tengo una petición —dijo Johnny con tono serio—. Cuando toques a Chopin, ¿pensarás en mí?

—Solo si compartes conmigo otro poema —repuso ella.

Johnny recostó la cabeza lentamente, cerró los ojos y comenzó a recitar en voz baja:

Dime, ¿qué escucha Dios?
He renunciado a orar con palabras,
ahora rezo a través de tu música.

Lisa tomó las grandes manos de Johnny entre las suyas.

—Por supuesto que pensaré en ti, Johnny. Ojalá pudiera tocarla ahora para que la oyeras.

—No hace falta, no tengo más que cerrar los ojos para recordarla.

Lisa lo besó con ternura y se marchó.

♪

A tres días de la audición, Lisa fue de poca ayuda para la señora McRae y el señor Dimble en la fábrica. Estaba nerviosa por su interpretación y no paraba de hablar sobre sus inseguridades.

—Competiré con estudiantes procedentes de las mejores familias de Inglaterra —se lamentaba—. Y ni siquiera tengo un vestido decente que ponerme.

—Menuda tragedia, ¿eh? —repuso la señora McRae con sequedad.

Lisa comprendió con remordimientos lo frívolo que debió de parecerle ese comentario a aquella mujer que había perdido a su marido en la guerra, así que intentó centrarse en el trabajo y no quejarse más.

Por eso se llevó una sorpresa cuando acudió al trabajo a la mañana siguiente y se encontró un paquete, atado con una cuerda reciclada, encima de su asiento.

—¿Qué es esto? —preguntó.

Varias mujeres se pusieron en pie y la rodearon, sin decir nada.

La señora McRae levantó la mirada de su trabajo con una sonrisa pícara, como si no entendiera la pregunta.

Así que Lisa cogió el paquete y lo desenvolvió con cuidado. Dentro encontró un precioso vestido de color azul oscuro.

—Señora McRae, no me diga que...

Estupefacta, Lisa sostuvo en alto aquel vestido nuevo y elegante, y las mujeres que la rodeaban aplaudieron.

—¡Qué bonito, señora McRae! —exclamó una compañera de trabajo.

—Antes de que te des cuenta, ¡serás la costurera de la reina!

La señora McRae sonrió con orgullo.

—Espero que eso los impresione.

—¡Ay, gracias! ¡Gracias! —exclamó Lisa, abrazándola.

♪

El sábado anterior a la audición, Lisa estaba ensayando a solas en el sótano cuando oyó un reconocible silbido procedente de la cocina. ¡Era el concierto de Grieg! Se levantó a toda prisa.

¿Sería posible? ¿Aaron habría regresado milagrosamente para desearle suerte? Lisa subió corriendo por las escaleras, pero allí solo encontró a Günter. Trató de disimular su decepción mientras él se reía de su confusión y le entregaba una carta de Aaron.

Lisa abrió el sobre y leyó la misiva a toda velocidad. Para variar, Aaron se mostraba optimista y convencido de que lo liberarían pronto.

También añadió estas frases: «Quiero que sepas que te amo y que te concentres en tu audición. Estaré pensando en ti en todo momento».

Lisa releyó la última frase por segunda vez, radiante de alegría, y después volvió a abordar la pieza de Beethoven con más ahínco todavía.

♪

El día de la audición, Lisa se sorprendió al ver a Günter esperando en la acera.

—Te acompaño —le dijo alegremente—. Me han dado el día libre en la fábrica de sombreros.

—No hace falta, Günter, me irá bien.

—Pues claro que sí —repuso él—. Pienso examinarte por el camino.

Durante el trayecto en tren, Günter fue pasando las páginas del libro de texto, lanzando una pregunta tras otra.

A Lisa no le entraron los nervios hasta que llegaron a la entrada de la Real Academia de Música. Una vez más, se sintió abrumada por la majestuosidad del edificio. Vio el numeroso grupo de adolescentes ingleses bien vestidos, acompañados de sus padres, y sintió cómo se le formaba un nudo en el estómago. Percibió la atmósfera de competición extrema que envolvía el patio. Sabía que tendría que enfrentarse a una serie de músicos jóvenes y con talento, pero no se había imaginado que fueran tantos.

Los chicos parecían tranquilos y seguros de sí mismos. Las chicas llevaban vestidos negros y lisos, elegantes, y despedían un fulgor colectivo de belleza y confianza. Pero lo que hizo que Lisa se sintiera diferente a los demás no fue el hecho de que llevara puesto un vestido azul en lugar de uno negro. Era el hecho de que ella era la única aspirante de la fila que, en ese día tan importante, no iba acompañada de sus padres.

«No te preocupes, mamá —dijo para sus adentros—. Sé que estás aquí».

Lisa y otros veinte estudiantes fueron conducidos hasta una pequeña aula en la tercera planta, donde les dieron un lápiz y un cuadernillo de ejercicios y les dijeron que tenían una hora para completar la porción del examen relativa a teoría musical. Las páginas estaban repletas de preguntas interminables. Nerviosa porque creía que estaba perdiendo demasiado tiempo con cada una, Lisa empezó a contestar las preguntas a toda velocidad. Había algunas que no supo responder, pero muchas otras que sí, así que unas veces tenía la sensación de que lo estaba haciendo de maravilla y otras temía estar a punto de fracasar estrepitosamente. Respondió las preguntas tan rápido que acabó el examen antes que los demás, pero no se atrevió a repasarlas, por miedo a acabar hecha un lío.

—Suelten los lápices —dijo finalmente el monitor.

Entonces condujeron a Lisa hasta una sala de ensayo con un piano de pared, donde un joven con pinta de serio le hizo una prueba de entonación y solfeo. Lisa entonó los intervalos tal y como le pidió, y se esforzó por intentar identificar las notas a medida que el examinador las tocaba en el teclado.

—Gracias —dijo el joven cuando terminaron, sin darle el menor indicio sobre qué tal lo había hecho—. Por favor, espera en el pasillo que hay ante el auditorio de la primera planta.

Una joven con una tablilla sujetapapeles se acercó a Lisa y le dijo que sería la sexta en entrar para la prueba de interpretación. Lisa se sintió aliviada al conocer ese dato. Al menos, no se le saldría el corazón por la boca cada vez que se abrieran las puertas del auditorio y llamaran a un nuevo estudiante.

Cuando la mujer de la tablilla la nombró, Lisa se levantó con toda la dignidad posible, disimulando la repentina agitación de su corazón, y atravesó la puerta doble.

Le flaquearon las piernas mientras avanzaba por el pasillo de aquel cavernoso auditorio en dirección al escenario, donde la esperaba un precioso piano de cola Steinway. En la décima fila de butacas, que por lo demás estaban vacías, había tres jueces con gesto impasible.

Lisa subió los escalones, se acercó al piano y les hizo una reverencia a los jueces. Tenía pensado empezar con la balada para deslumbrarlos desde el principio, pero estaba tan nerviosa que no se atrevió, así que decidió optar por la pieza de Beethoven. Puede que el ritmo tenaz de los acordes de apertura la tranquilizara.

—¿Qué te gustaría tocar primero? —preguntó el juez situado más a la izquierda.

—La sonata para piano en do menor de Beethoven, opus 13, número 8 —respondió Lisa.

—*Pathétique* —dijo otro juez, mientras tomaba nota en el cuaderno que tenía delante.

Lisa ajustó su peso sobre la banqueta del piano, probó los pedales rápidamente para valorar el estado de los resortes, inspiró hondo y empezó a tocar.

Las notas de apertura de la sonata eran solemnes, el tempo era comedido y pausado. Para Lisa, aquella melodía resultaba tan emotiva como el encendido de las velas en casa de sus padres. Evocó el mimo con que su madre prendía la llama del *sabbat* y revivió la calidez del centelleante comedor gracias a la armonía de esos acordes tan dramáticos.

Sus manos revolotearon con gracilidad para tocar los trinos y los arpegios, deslizándose a toda velocidad de un lado a otro del teclado. Se imaginó que esa energía era como los preparativos para la cena del *sabbat*. Recordó el entusiasmo con que su hermana Sonia entraba y salía corriendo con los platos, lo rápido que avanzaba con esas piernecitas tan cortas, mientras las notas agudas del piano tintineaban y reverberaban gracias a la acústica perfecta del auditorio.

En la majestuosa simplicidad de aquellas notas, las manos de Lisa buscaron la manera ideal de transmitir la conmovedora melancolía que latía en su interior.

—Gracias —oyó decir entre una nota y otra, cerca del final del primer movimiento. De pronto se dio cuenta de que los jueces la habían dejado tocar durante diez minutos seguidos.

—Ahora toca el preludio y luego la fuga.

A Lisa le entraron ganar de decir: «¡No, no, tienen que oír la pieza de Chopin!». Pero inclinó la cabeza con gentileza y comenzó a tocar la fuga de Bach en re menor. Creyó que lo estaba haciendo bastante bien hasta que la aguda voz de la jueza rompió su concentración:

—Gracias —dijo aquella mujer menuda, ataviada con un traje oscuro—. ¿Y qué has preparado para el periodo romántico?

—Tocaré la *Balada en sol menor* de Chopin, opus 23, número 1.

Al igual que la pieza de Beethoven, la de Chopin tenía un arranque lento y majestuoso. Pero Chopin siempre conseguía abrir el corazón de Lisa con sus melodías románticas y entrelazadas. Se trataba de un compositor capaz de llegar hasta los rincones más recónditos de su alma y de agitar sus anhelos más profundos.

Su madre le contó que, en esa balada, Chopin lloraba la pérdida de su Polonia natal, al tener que huir de la guerra y la destrucción para no regresar jamás. Era un homenaje a su patria perdida.

Los dedos de Lisa entonaron su propio tributo nostálgico: un homenaje a Viena, adonde no podía volver, y también a sus padres, a Rosie y a Sonia, que estaban tan lejos de ella.

Lisa desnudó su corazón mientras sus manos se movían casi por voluntad propia. Sus dedos fuertes, pero delicados, recorrían el teclado a toda velocidad mientras la muchacha expresaba los apasionados anhelos de su vida futura: sus crecientes sentimientos hacia Aaron, sus oraciones por la recuperación de Johnny y su creencia en la hermosura de un mundo libre de guerras.

Otro «gracias» la sacó de su ensimismamiento y Lisa comprobó alarmada que había tocado la pieza entera sin que la interrumpieran. Puede que hubieran intentado pararla y que ella no se hubiera enterado.

Levantó la cabeza y miró hacia el patio de butacas. Dos de los jueces estaban escribiendo en sus cuadernos, mientras la jueza asentía cortésmente con la cabeza.

Lisa escudriñó sus rostros en busca de una reacción, pero no percibió ninguna.

—Eso es todo, ya puedes irte.

Esa fue la única respuesta que recibió, así que Lisa agachó la cabeza educadamente y se bajó del escenario. Günter la estaba esperando en el pasillo.

—¿Qué tal ha ido? ¿Qué tal lo has hecho? —preguntó, ansioso por conocer las novedades.

—Lo he hecho lo mejor posible. Lo he dado todo. ¡Igual que todos, Günter!

Capítulo 20

Febrero dejó paso a marzo, pero el tiempo se mantuvo gélido durante la primavera de 1942. Lisa empezó a echar horas extra en la fábrica, tanto para cumplir con su deber patriótico como para no pensar en la agónica espera por los resultados de la audición.

Caminaba fatigosamente por la manzana todas las mañanas, pasaba junto al mismo vendedor de periódicos y leía la ración diaria de noticias aciagas. Era cierto que los americanos les habían aportado a todos un enorme subidón de moral, pero las noticias que llegaban desde Europa seguían siendo funestas. Corrían rumores espeluznantes en la sinagoga sobre las deportaciones masivas de todos los judíos de Europa.

El reparto de correo durante la cena se convirtió en un momento triste, ya que la mayoría de los niños habían dejado de recibir cartas de sus padres desde Europa. Ahora tenían puestas sus expectativas en la respuesta de la Real Academia de Música.

—¿Lisa Jura? —dijo la señora Cohen un viernes por la noche, durante la cena del *sabbat*, mientras sostenía en alto una carta—. Es de la Real Academia de Música de Londres.

Lisa se quedó mirándola, paralizada.

—¿Quieres que la abra yo? —preguntó la señora Cohen.

Lisa asintió. Habría preferido esperar a estar sola, pero su instinto le dijo que debía compartir las noticias con todos, ya fueran buenas o malas.

La señora Cohen abrió el sobre, desdobló la hoja de papel que contenía y la leyó:

—«El consejo asociado de la Real Academia de Música de Londres tiene... —En ese punto, la señora Cohen hizo una pausa para tomar aliento— el placer de informar a la señorita Lisa Jura de que...».

Se oyó un grito procedente del otro extremo de la mesa. Fue uno de los pequeños, que se apresuró a taparse la boca con la mano.

—«... se le ha concedido una beca para el estudio del pianoforte. Por favor, preséntese en...».

Lisa se vio rodeada y cubierta de besos, abrazos y pulgares levantados, y aquellos que no pudieron acercarse lo suficiente para ello empezaron a aplaudir. Lisa era una heroína, y los niños de Willesden Lane necesitaban desesperadamente celebrar una victoria.

Lisa se acercó a la señora Cohen y la abrazó.

—Jamás me habría enterado de la audición de no ser por usted. ¿Cómo podré agradecérselo?

—Ya me lo has agradecido. Has cubierto de honor esta casa —respondió la señora Cohen—. Todos necesitamos soñar, y esta noche tus compañeros están viviendo su sueño a través de ti.

♪

Para rematar la euforia de Lisa, Aaron fue liberado a la semana siguiente del campo de internamiento. Se presentó en el número 243 de Willesden Lane para participar en la celebración del triunfo de Lisa.

—¿Adónde vas a llevarme? —inquirió Lisa con tono amistoso.

—Vamos a celebrarlo, no pienso decir más —fue su respuesta.

Lisa corrió al piso de arriba, se puso su nueva falda plisada y una elegante blusa azul, remató el conjunto con un estiloso sombrero de fieltro y se reunió con él en el vestíbulo. Aaron lanzó un silbido para mostrar su aprobación y se marcharon.

Se montaron en un autobús de dos pisos y se divirtieron tanto durante el trayecto que por poco se pasan su parada: el edificio del Parlamento, o lo que quedaba de él tras el bombardeo.

—¿Qué estamos haciendo aquí? —preguntó Lisa, un tanto decepcionada.

—Espera y verás.

—¡Más vale que sea bueno! —replicó ella, en broma.

Finalmente, un viejo caballero se acercó a saludarles.

—¡Hola, señor Lewin! —dijo mientras le estrechaba la mano a Aaron—. ¡Vamos allá!

El hombre abrió una puerta y los guio por unas estrechas escaleras.

—¡Vamos, date prisa! —dijo Aaron, y juntos siguieron a aquel hombre.

—¿Hemos llegado ya?

—¡Sigue subiendo! Vas a tener que confiar en mí —dijo Aaron.

Cuando llegaron a lo alto de las escaleras, Lisa vio de qué se trataba: un reloj gigantesco con sus mecanismos internos y unas campanas enormes.

—¡Es el Big Ben! —anunció Aaron.

—¡No me lo puedo creer! —exclamó Lisa, entusiasmada.

Estaban muy altos y la ciudad de Londres se extendía por debajo de ellos: la Casa de los Comunes, la enorme cúpula de la catedral de San Pablo y las sinuosas y abarrotadas calles. El Támesis fluía apaciblemente y desaparecía por el horizonte. Lisa alargó un brazo para coger a Aaron de la mano, pero el muchacho optó por abrazarla y darle un beso.

Permanecieron inmóviles y en silencio, contemplando el imponente paisaje que se extendía ante ellos. La guerra, las bombas y la destrucción parecían haber desaparecido.

En ese momento, Lisa se atrevió a dar rienda suelta a su esperanza. La esperanza de que podrían ganar la guerra, la esperanza de que volvería a ver a su familia y la esperanza de que, si estudiaba con suficiente ahínco, podría convertirse en lo que siempre había soñado: una concertista de piano.

Mientras contemplaba los millares de edificios y hogares que se desplegaban ante ella, se imaginó que estaba contemplando un millar de rostros en un auditorio, los mismos con los que soñaba despierta en el tranvía de Viena. Se imaginó a un público elegante esperando a que diera comienzo su actuación. Pudo oír las señales para guardar silencio y percibió la expectación mientras se sentaba ante el piano de cola de casi tres metros de longitud.

Vio que Aaron también estaba sumido en sus propias ensoñaciones. Pero él no estaba mirando al horizonte, sino hacia un grupo de soldados británicos congregado a los pies de la torre del Big Ben.

Capítulo 21

La reaparición de las flores durante la primavera de 1943 fue la prueba de que había pasado otro año, pero Lisa estaba tan absorta en sus nuevos estudios que apenas tenía tiempo para leer la pizarra del rincón, que estaba cubierta de frases alentadoras como LOS ALIADOS ENTRAN EN NÁPOLES y ¡KIEV LIBERADA!

La Real Academia de Música había resultado ser tan emocionante como ella esperaba y tan exigente como suponía. En otoño de 1942, durante su primer curso, le asignaron un tutor, y Lisa se sorprendió cuando abrió la puerta del estudio y descubrió que se trataba de la misma mujer menuda que había ejercido como jurado durante la audición. Se llamaba Mabel Floyd y era una profesora con una reputación muy notable.

Aquel primer año acarreó muchos otros cambios en la vida de Lisa. Tras una larga lucha, Johnny acabó muriendo, dejando un agujero en el corazón de la residencia. Sus lesiones internas eran más severas de lo que sospechaban. Lisa le extrañaba muchísimo.

Su soledad no hizo sino aumentar cuando Aaron se alistó al Cuerpo Auxiliar de Zapadores del Ejército como paracaidista. Aunque no la tomó por sorpresa su decisión, pues había visto cómo contemplaba a esos soldados desde la torre del Big Ben.

El día antes de partir a una misión, Aaron se acercó a la residencia y la señora Cohen tuvo la amabilidad de cederles su cuarto para que pudieran despedirse en privado.

Cuando acabó la velada, Lisa estaba llorando tan desconsoladamente que no pudo salir de la habitación de la señora Cohen para decirle adiós a Aaron desde la puerta.

Al principio, Lisa le escribió una carta a diario, luego cada semana, pero después estuvo tan ocupada que ya apenas le escribía una vez cada quince días. Aaron hizo lo mismo, a medida que se fue implicando más a fondo en la vida de la división de paracaidistas. En un primer momento, sus cartas eran entusiastas y estaban cargadas de detalles, pero tras su primera experiencia en combate se volvieron más comedidas. Lisa intentó leer entre líneas. ¿Qué se sentiría al estar allí? ¿Qué habría visto? No quería ni imaginárselo.

♪

Durante el verano de 1943, se produjo la gloriosa noticia de que los Bates habían determinado al fin que no era peligroso permitir que Sonia fuera a visitar a su hermana mayor a Londres.

Cuando Lisa se reunió con Sonia en el tren, se sorprendió al comprobar que su hermana seguía siendo flaca y bajita para los dieciséis años que tenía.

—¿Te dan suficiente de comer en la campiña? —preguntó.

—No es como la cocina de mamá, pero no te preocupes, intento comer todo lo que puedo.

Lisa llevó a Sonia a todos sus lugares favoritos en su nueva ciudad. En el palacio de Buckingham se esforzaron por intentar atisbar a la princesa. Cuando pasaron junto al Big Ben, Lisa le confesó que se había dado un beso en lo alto del campanario.

Por la noche, Sonia gritó en sueños el nombre de Malka y, por la mañana, le preguntó a Lisa cuándo pensaba que volverían a ver a sus padres y a Rosie.

—No lo sé —comenzó a decir Lisa, pero, al ver el gesto abatido de Sonia, añadió—: Pero seguro que será pronto.

Pese a que hubo algunos momentos amargos, en conjunto fue una visita maravillosa, y las dos hermanas se sintieron consternadas el domingo por la tarde cuando llegó el momento de volver a separarse. Prometieron que se escribirían a menudo, sobre todo si recibían noticias de su familia.

Unas pocas semanas después de la visita de Sonia, Lisa recibió una breve misiva del primo de Leo desde México. Ya no llegaba ni una sola carta desde Austria. Lisa abrió el sobre y leyó rápidamente el escrito en busca de noticias.

«Aún no sabemos nada de Leo o de Rosie, pero sí nos hemos enterado de que la mayoría de los judíos de Viena han sido deportados a campos de concentración en Polonia. Hemos intentado desesperadamente obtener información sobre nuestros parientes que están allí, pero hay muy pocas maneras de comunicarse desde México. Por favor, escríbenos si te enteras de algo».

Movida por el pánico, Lisa llevó la carta a Bloomsbury House, pero ni ellos ni la Agencia para los Refugiados Judíos ni nadie pudieron responder a sus frenéticas preguntas. Todas las cartas venían devueltas y cada intento por parte de Lisa y de los demás muchachos de la residencia por contactar con sus padres había sido en vano.

♪

En 1943, Platz & Hijos comenzó a fabricar accesorios militares: petates, mochilas, suelas impermeables y prendas de camuflaje, todo ello cosido a partir de un grueso tejido verde. El trabajo resultaba más arduo que antes y Lisa comenzó a sentir en sus agotados dedos el peso de esa labor tan difícil como repetitiva.

El momento estelar de la semana era la clase con Mabel Floyd. Después de ensayar debidamente todo lo que le encargaba, Lisa se presentaba con entusiasmo en el estudio de su tutora los jueves a las tres y media.

—No, no, no —la interrumpió la señora Floyd después de unos pocos compases—. ¡Un trino es algo delicado! Piensa en polvo de hadas, en el tintineo de unas campanitas. Esto suena como un desfile de botas militares.

Lisa se frotó los músculos doloridos del antebrazo derecho y empezó de nuevo. El resultado fue el mismo.

—¿Hay algo que tengas que contarme, querida? —La perspicaz profesora había percibido un gesto de preocupación en los ojos de su alumna.

Lisa se había mostrado reticente a hablar de su trabajo en la fábrica con la señora Floyd, pero finalmente le describió la dura labor que desempeñaba. La profesora sabía que era una refugiada, pero no conocía los detalles sobre los rigores de la línea de producción.

—Vaya, vaya, tendremos que hacer algo al respecto —fue su abrupta respuesta—. Vete a casa y descansa un poco. Te veré la semana que viene. Esta vez no te pondré deberes.

♪

Al final de la siguiente clase, la señora Floyd le entregó a Lisa una carta manuscrita.

—Lleva esto al hotel Howard, la dirección está dentro. Están buscando una pianista para entretener a los soldados. Tengo entendido que el salario es razonable y el trabajo será mucho más apropiado para ti.

A Lisa se le entrecortó el aliento, sorprendida y emocionada.

—¡Ay, gracias! Gracias, señora Floyd.

♪

Recorrió el trayecto hasta el hotel Howard como si fuera en una nube. Allí le dio la carta al encargado, que le enseñó el piano que había en el salón y le dijo que podía empezar la semana próxima.

El día siguiente en la fábrica resultó peliagudo. A Lisa no le gustaban las despedidas.

—Lamentamos perderte —dijo el señor Dimble—, pero te deseo buena suerte en el mundo del espectáculo.

Lisa se rio y le dio las gracias con un beso en la mejilla que hizo que el pobre hombre se ruborizara.

Lo más duro de todo fue despedirse de la señora McRae.

—Buscaré tu nombre en los periódicos, Lisa. ¡Leeré la sección de arte! Las demás no se lo podrán creer.

Se abrazaron y, sin más dilación, Lisa dejó atrás la etapa de su vida en la fábrica.

Capítulo 22

El hotel Howard era un bullicioso local nocturno en el West End londinense, con un restaurante enorme y un pequeño salón donde se bailaba el *swing* los sábados por la noche y se celebraban «veladas lúdicas» las seis noches restantes de la semana. Lisa posó para una fotografía que colocaron sobre un caballete en el vestíbulo: EN EL SALÓN DE ROBLE, LISA JURA AL PIANO.

La primera noche eligió las mazurcas más alegres de Chopin y varias canciones de Mendelssohn sin letra. No tardó en darse cuenta de que era mejor prescindir de Bach y de Beethoven.

El público se mostró satisfecho con su actuación, y también el encargado, al ver que los clientes se desplazaban desde el restaurante hasta el salón.

—¡Toca *Peg de mi corazón*! —gritó alguien—. ¡No, mejor toca *Pronto te veré*!

Lisa sonrió e intentó mostrarse lo más encantadora posible, pero enseguida comprendió que más le valdría aprenderse canciones nuevas.

Al día siguiente, mientras disfrutaba del lujo de tener la mañana libre, se fue de tiendas cerca de Tottenham Court para comprobar cuáles eran las tonadas favoritas del momento.

Su entrenamiento para la lectura a primera vista dio sus frutos, y pronto el salón entero estaba cantando al ritmo de las animosas versiones que interpretaba de los grandes éxitos de aquellos tiempos de guerra. Tocó *Volveremos a vernos, Voy a iluminarme (cuando se enciendan las luces en Londres)* y *Cuando suene la última sirena.*

A veces, cuando veía a un soldado con un uniforme de la RAF, Lisa pensaba en Aaron, aunque más con nostalgia que con esa punzada de anhelo que sintió por primera vez cuando se despidieron. Pero la preocupación por él se intensificó después de que recibieran en la residencia un telegrama del Departamento de Guerra donde les comunicaban que Paul Goldschmidt había muerto. El telegrama estaba dirigido a la señora Cohen, pues su nombre había sido incluido debajo del apartado «Madre». La encargada de la residencia pasó el telegrama por la mesa del comedor, donde todos se habían quedado mudos y deslizaron con tristeza los dedos sobre las palabras «entregó su vida con valentía en acto de servicio...».

La señora Glazer presidió la oración por el joven caído:

—Que Dios se acuerde del alma de Paul Goldschmidt, que se ha trasladado a su hogar eterno...

♪

La muerte de Paul fue una conmoción para Lisa, no solo porque añoraba su sonrisa radiante, sino porque dejaba patente el peligro al que se enfrentaba Aaron. Al día siguiente, entró en una pequeña tienda frente a cuyo escaparate pasaba a menudo al cruzar por Cavendish Square. Allí había visto un letrero que decía: ESTUDIO DE SONIDO: ¡MANDE SALUDOS A SUS SERES QUERIDOS EN EL EXTRANJERO!

Aunque el dependiente se quedó impresionado por la interpretación que hizo Lisa de la pieza romántica *Liebestraüme*, de Liszt, mientras ajustaba los diales de la máquina que perforaba los surcos en el disco de gramófono de 78 r. p. m., le cobró a pesar de todo las dos libras de rigor por el servicio. Lisa le dio la dirección del cuartel general de la división de paracaidistas y escribió en la etiqueta blanca y dorada del disco: «Querido Aaron: con todo mi amor, Lisa».

♪

Una noche, Lisa oteó los rostros de los soldados que había en la sala y se llevó una gran sorpresa. Resultó que estaba Aaron, que había decidido hacerle una visita totalmente inesperada. Una visita que, a juzgar por cómo se le aceleró el pulso, ella recibió con más entusiasmo de lo que se imaginaba. Interrumpió de inmediato la pieza que estaba tocando, se levantó, abrazó a Aaron y le dio un beso.

—¡Siéntate ahí! ¡Me reuniré contigo durante el descanso!

Cuando terminó su trabajo, Lisa se fue corriendo hasta la mesa de Aaron, que estaba sentado a solas delante de varias copas vacías.

—¿Qué te parece este lugar? Es muy sofisticado, ¿no crees? —dijo Lisa.

—Has tocado incluso mejor que en tu grabación.

—¡Ah! ¿La recibiste? —exclamó Lisa, entusiasmada.

—Sí, gracias.

—Venga, ¡cuéntamelo todo! —le rogó.

—Tú primero.

Lisa le habló de la residencia y del hotel Howard, pero, cuanto más avanzaba en su relato, más consciente era de que el Aaron que tenía delante no era el mismo de siempre. Parecía ausente.

—¡Venga! Vamos a dar un paseo —dijo, cogiéndole de la mano.

♪

Pasearon lentamente por las avenidas oscuras y desiertas, en dirección a Hyde Park. Las puertas del parque estaban cerradas. Los cañones antiaéreos se erguían como centinelas silenciosos al otro lado de la verja de hierro.

—Cuéntame tu experiencia, Aaron. ¿Cómo ha sido? —le preguntó Lisa en voz baja, pasándole un brazo por los hombros.

Con tono monótono, Aaron le habló de su escuadrón y de su adiestramiento. Se había unido a un escuadrón de paracaidistas y se había entrenado en una localización secreta. Cuando describió la sensación que producía saltar desde un avión, se animó brevemente, como el Aaron que Lisa recordaba. Después volvió a quedarse en silencio.

Lisa le agarró la mano, pero no percibió ninguna calidez en ella. Su frialdad la asustó. Cuanto más se acercaba a Aaron, más lejos se sentía de él.

Se hizo muchas preguntas que le daba miedo formular. ¿Todos los soldados eran así? ¿Este era el efecto de la guerra? ¿Lo destruía todo? ¿Dónde estaba ese muchacho encantador que le silbaba el concierto de Grieg al oído?

—¿Y qué pasaba cuando aterrizabas en algún sitio? —preguntó Lisa.

—No quieras saberlo —respondió él.

—¿Pasaste miedo?

—Pues claro, ¿tú qué crees?

—No lo sé. Por eso te lo pregunto. Quiero que me cuentes cosas —le rogó.

Aaron se sumió en un silencio obstinado y, finalmente, Lisa dejó de hacer preguntas. Al cabo de un rato, Aaron se detuvo en seco y levantó la cabeza hacia el cielo.

—¿Qué ocurre? —preguntó Lisa, alarmada.

—Chist —repuso él, quedándose completamente inmóvil.

De pronto, antes de que Lisa pudiera percibir el sonido que había oído Aaron, la quietud de la noche quedó rota por el alarido de las sirenas antiaéreas.

—¡Es un V-2! ¡Deprisa!

Aaron la cogió de la mano y juntos corrieron hacia la estación de metro de Marble Arch. Una oleada de gente salió en estampida de sus apartamentos a oscuras y se congregó en las aceras. Iban cargados con libros, mantas y alimentos recopilados a toda prisa. Aaron y Lisa corrieron tras ellos, sumándose a la apresurada riada de londinenses que bajaban corriendo por las escaleras hacia el amparo de las estaciones subterráneas.

Bajaron y bajaron. Lisa dejó de contar cuántos pisos llevaban, dando gracias de poder estar tan resguardada frente a la llegada de los bombarderos alemanes. Cuando llegaron a la planta baja, las frías baldosas de los andenes ya estaban cubiertas de filas de personas durmiendo. Eran los más previsores, aquellos que pasaban todas las noches en las estaciones de metro, sin esperar a las sirenas.

Había gente por todas partes: en las escaleras mecánicas y en las normales, sentados en sillas y bancos. Las familias más organizadas habían traído catres y mantas; los demás se acurrucaban junto a otros desconocidos para entrar en calor. Lisa se quedó boquiabierta al ver a toda esa gente; había oído hablar de esos lugares, pero era la primera vez que se veía sorprendida en plena calle por un ataque aéreo nocturno.

Con ojos soñolientos, las apretujadas masas se recolocaron para hacer sitio a los recién llegados. Aaron localizó una pared sobre la que poder apoyarse, y la familia que estaba a su lado se desplazó unos centímetros mientras le dirigían un gesto de respeto al ver su uniforme. Aaron se quitó la chaqueta y la desplegó por debajo de Lisa para protegerla del frío.

Estaban demasiado adentrados en el subsuelo como para escuchar el chirrido de los bombarderos, pero cada pocos minutos se desprendía una capa de tierra y polvo del techo, sacudido por las explosiones en la superficie.

Aaron apoyó la cabeza sobre el sucio muro de hormigón y se quedó mirando a los londinenses cubiertos de hollín que le rodeaban.

—Qué lástima damos, ¿no crees? No somos más que carne de cañón. —Su voz se apagó hasta volver a quedarse en silencio.

Lisa apoyó la cabeza sobre su hombro y se quedó mirando a los niños que dormían a su lado. Un niño angelical de dos años dormía junto a la pierna de Lisa y, a medida que se giraba y se revolvía, desplazó su manta, dejando al descubierto sus piernecitas sonrosadas. Lisa le volvió a arropar y al hacerlo se dio cuenta de que se le estaban saltando las lágrimas. Cerró los ojos y hundió el rostro en el hombro de Aaron.

La sirena que anunciaba el fin del ataque sonó varias horas después. Aaron y Lisa se sacudieron el polvo de encima y emprendieron la marcha hacia Willesden Lane. Agotados, los dos permanecieron un buen rato en silencio delante de la residencia, contemplando las primeras luces del amanecer que asomaban por el este.

Cuando se despidieron con un beso, Lisa lo abrazó con fuerza, evocando por un momento los sentimientos que tuvo la noche que se besaron por primera vez ante la casa de la señora Canfield. Cuanto más fuerte lo abrazaba, mayor era su confusión. ¿Lo que estaba experimentando ahora eran simples retazos de lo que sintió en el pasado o de verdad lo seguía queriendo?

Cuando finalmente le soltó, Aaron esbozó una sonrisa enigmática y recogió su petate.

—Te escribiré cuando llegue —dijo y se alejó lentamente por la carretera.

Lisa se quedó mirándolo hasta que dobló la esquina. Habría jurado que le oyó silbar los primeros compases del concierto de Grieg.

♪

—¡Lisa! ¡Gracias a Dios! —gritó Gina cuando vio a Lisa entrar de puntillas en el dormitorio unos minutos después—. ¡Estábamos preocupadísimos! ¿Dónde te habías metido?

—Me sorprendió un ataque aéreo —respondió Lisa, que no estaba de humor para compartir confidencias—. He tenido que pasar la noche en una estación de metro.

—Estábamos muy preocupados. Dijeron que cayó un proyectil cerca del hotel.

Lisa no dijo nada mientras se ponía su cálido camisón de franela y se metía en la cama.

—¿Puedo contarte una cosa? —preguntó Gina, con una voz cargada de entusiasmo.

Lisa aguardó en silencio, sumida aún en sus funestos pensamientos.

—Günter y yo nos hemos prometido. ¡Mira! —exclamó Gina, extendiendo la mano izquierda. Llevaba un sencillo anillo de oro en el dedo—. Esto es solo temporal, hasta que pueda permitirse el de verdad. Günter me aseguró que algún día me comprará un diamante. ¡Tienes que prometerme que tocarás en nuestra boda! ¿Me lo prometes?

—Por supuesto —respondió Lisa, que sonrió para disimular su tristeza.

—¡Ay, gracias, gracias! No te imaginas lo emocionada que estoy —prosiguió Gina, que pasó a detallar sus planes de principio a fin.

Lisa la escuchó, pero su mente no paraba de pensar en Aaron, tratando de imaginarse escenas de épocas más felices. «Puede que, cuando termine la guerra, vuelva a convertirse en el Aaron al que amaba», se dijo.

Al día siguiente, se sintió agradecida de poder escapar de sus oscuros pensamientos y retomó su labor de entretener a los alegres y ruidosos soldados del hotel Howard.

Capítulo 23

En 1944, la guerra por fin se estaba inclinando a su favor. Los Aliados se dirigían hacia Roma y los rusos habían liberado Odesa. Ahora Londres estaba abarrotado de soldados; se los veía por la calle, en los teatros y apiñados en el hotel Howard.

Aquella noche, Lisa lucía su mejor aspecto y decidió aprovechar la oportunidad de tener tanto público para probar el preludio de Rajmáninov que se había aprendido en previsión de su recital de fin de año.

La misteriosa aura de la música de Rajmáninov concordó con el ambiente de expectación. Las salidas de los soldados se habían cancelado repentinamente; casi todos ellos sabían que volverían a estar a bordo de un barco o un avión al día siguiente. El silencio que reinaba en el salón era más profundo de lo habitual. Después de que Lisa tocara el enérgico final, se acercaron tres soldados, liderados por un teniente que llevaba en la mano un clavel. Se adelantó y dijo:

—*Mademoiselle!* Aquí hay un caballero que quiere conocerla.

El soldado tenía un acento francés tan marcado y unos modales tan encantadores que Lisa no encontró motivos para decir que no. Además, era su hora de descanso.

Los siguió hasta una mesa, donde un hombre alto con unos cautivadores ojos castaños y un gesto de maravillosa franqueza se levantó enseguida. Le tendió la mano y ella se la estrechó, suponiendo que eso era lo que quería hacer, pero el soldado se la llevó a los labios con gentileza y se la besó.

—*C'était magnifique! Que vous êtes magnifique!*

—Lo siento, no hablo francés —dijo Lisa.

—¡Rajmáninov! —añadió él, apoyándose las dos manos sobre al corazón.

—¡Vaya, así que lo conoce! —dijo Lisa, sonriendo.

Entonces fue él quien levantó las manos para disculparse.

—¿No habla nada de inglés? —preguntó Lisa.

—Lo habla fatal —dijo su amigo, respondiendo por él—. Forma parte de la Resistencia, lucha por los franceses libres. Es nuestro capitán.

El capitán le dijo algo con voz grave al teniente, que se dio la vuelta hacia Lisa y se lo tradujo.

—Me pide que le diga que es usted la mujer más hermosa que ha visto en su vida.

Intrigada por el aura de fortaleza que desprendía el capitán francés, Lisa no pudo por menos que creer lo que le decía, aunque sin que se le subiera a la cabeza.

El capitán sacó su tarjeta de visita y se la entregó a Lisa, mientras la miraba a los ojos y decía unas palabras en francés. El teniente se lo tradujo:

—Dice que tiene que prometerle que le invitará si alguna vez da un concierto. Dice que, esté donde esté, acudirá.

Al día siguiente, por la noche, el hotel Howard estuvo más vacío de lo normal. Durante el camino de vuelta a casa, Lisa miró al cielo y vio una oleada tras otra de aviones de transporte surcando el firmamento. La invasión aliada de Europa había comenzado.

♪

Lisa había estado trabajando con vistas al recital de fin de curso que los alumnos daban a finales de junio ante el profesorado y los demás estudiantes de la Real Academia de Música.

Llegó a su clase con la señora Floyd y repasó las piezas que tenía previsto tocar para el evento. Al terminar, la tutora la felicitó con un aplauso, y Lisa sacó un lápiz, preparada para señalar en la partitura los fallos que, como de costumbre, encontraba su profesora. Pero, para su sorpresa, la señora Floyd le pidió que lo soltara.

—Hoy no tengo nada que comentar, Lisa. Ya es hora de que confíes en ti misma; ¡estás lista para echar a volar!

Después de tantas sesiones durante las que habían analizado y diseccionado sus interpretaciones, aquella era una gran noticia. Lisa acudiría al recital y tocaría por fin «la música que habitaba en su corazón».

—Una cosa más —añadió la señora Floyd con un brillo en los ojos—. Es hora de pensar en tu debut.

Lisa se quedó tan estupefacta que no dijo nada.

—En general, la familia del alumno ayuda a costear los gatos de un debut, pero, dadas tus circunstancias, el profesorado ha recomendado que la academia colabore con los preparativos.

Lisa siguió sin habla.

—Es decir, siempre que quieras debutar —añadió la señora Floyd, en broma.

Lisa se levantó de golpe de su asiento y exclamó:

—¡Pues claro que quiero!

Después abrazó a su profesora con un gesto eufórico y espontáneo.

—No sé cómo agradecérselo —dijo Lisa, que no podía sentirse más honrada.

—Una cosa más. Para acoger tu debut..., estamos pensando en Wigmore Hall.

¡Wigmore Hall! Era increíble. El momento con el que llevaba soñando toda su vida, al fin, estaba a punto de cumplirse.

Capítulo 24

E l recital de junio se celebró sin contratiempos, y Lisa dedicó el verano y el otoño a preparar un repertorio nuevo para su debut. El hotel Howard seguía siendo un célebre local nocturno y Günter se había sumado a Gina para acudir allí una vez por semana, los viernes por la noche.

Cuando llegó el invierno, los combates en Europa se recrudecieron, así que decidieron esperar a la siguiente estación para alquilar el Wigmore Hall para el debut. El racionamiento era severo y la gente tenía la mente puesta en la guerra, no en la música. A lo largo del mes de enero, los Aliados combatieron a través de una Europa congelada, recuperando una ciudad tras otra de manos del Tercer Reich. Rusia entró en Polonia, y Estados Unidos y Gran Bretaña arrasaron Dresde con una tormenta de fuego.

Cuando Lisa se enteró de que se había desatado una batalla por Viena, acudió a la sinagoga para rezar por su ciudad. ¿Acabaría desapareciendo igual que Dresde?

En medio de la avalancha de noticias, los niños de Willesden Lane esperaron. Esperaron a que llegaran cartas, mensajes, ansiosos por recibir noticias de los campos de deportados, donde sabían que sus padres estaban aguardando su liberación.

Lisa intentó centrarse en la música y en sus ensayos, y la señora Floyd la ayudó a perfeccionar el repertorio para su debut.

En mitad de un pasaje, la puerta del estudio se abrió de golpe y dos muchachas entusiasmadas asomaron la cabeza.

—¡Deprisa! ¿No os habéis enterado?

Cuando Lisa levantó las manos del teclado, pudieron oír unas campanadas a lo lejos. ¡Era el repiqueteo del Big Ben! Entonces aumentó el estrépito cuando se sumaron las campanas de todas las iglesias de Londres.

Lisa se asomó a la ventana; la gente corría de un lado a otro, gritando y dando brincos. Se desplegaron banderas del Reino Unido en todas las ventanas y los cláxones de los coches resonaban como locos.

Lisa no había visto nunca a la señora Floyd moverse tan deprisa como aquella vez, cuando encabezó un grupo de alumnos eufóricos que bajaron corriendo por la escalera de caracol a la calle, donde se sumaron a una creciente multitud. Se montaron en un tranvía abarrotado que zigzagueaba entre una riada de personas que estaban de celebración con sombreros de papel y ondeando matracas, en dirección al palacio de Buckingham. Cuando el tranvía ya no pudo seguir avanzando, se apearon y recorrieron a pie las últimas manzanas hasta el Mall, donde Churchill en persona se estaba dirigiendo a la multitud.

Lisa se quedó fascinada. Había oído sus discursos por la radio, le había visto en los noticiarios y en los periódicos, pero ahí estaba, en carne y hueso, el hombre cuyas palabras habían dado aliento a todos los ciudadanos durante esos años de oscuridad.

—Que Dios os bendiga a todos. ¡Esta victoria es vuestra! —proclamó ante el micrófono—. Hemos resistido solos. ¿Acaso alguien quiso rendirse?

Las palabras del primer ministro resonaron por la inmensa explanada.

—¡No! —gritó la multitud.

—¿Acaso nos desanimamos?

—¡No!

—En nuestra larga historia, jamás habíamos conocido un día tan importante como este —dijo, ondeando su famoso sombrero.

Entonces, cuando parecía que la muchedumbre ya no podía ponerse más eufórica, el rey, la reina y las princesas aparecieron en el balcón, saludando ante los vítores de la multitud.

¡La guerra en Europa había terminado! ¡Hitler estaba muerto! ¡Los Aliados habían tomado Berlín! El horror había terminado. Al menos, para los millones de británicos que habían luchado con orgullo y habían sufrido tanto.

Mientras contemplaba los rostros de alegría de la gente, Lisa sintió de pronto una oleada de tristeza y soledad. ¿Cuándo terminaría la guerra para ella? ¿Y para sus amigos de la residencia?

La señora Floyd y los demás alumnos volvieron a emerger de entre la multitud e invitaron a Lisa a cenar con ellos para celebrar la victoria.

—Os lo agradezco mucho —respondió Lisa—, pero creo que debería volver con mis compañeros de la residencia —añadió, pues de repente no se sintió con ganas de celebrar nada.

—¿Estás segura? —le preguntó su profesora, alzando la voz para hacerse oír entre la multitud.

Lisa asintió con la cabeza y se despidió, mientras dos alumnos cogían a la señora Floyd de la mano para incluir a su elegante profesora en la conga que había empezado a formarse. Lisa se alejó de los estrepitosos festejos.

♪

Al principio solo fueron rumores. Rumores sin fundamento, rumores imposibles que se extendieron como la pólvora a través de los corazones ya desgarrados de la comunidad judía. Nombres de lugares como Treblinka, Bergen-Belsen, Nordhausen, Auschwitz y Theresienstadt corrían de boca en boca.

Historias de fosas comunes, pilas de cadáveres, actos innombrables. Fotos filtradas de personas demacradas al otro lado de unas verjas de alambre de espino, apenas capaces de mantenerse en pie de lo escuálidos que estaban.

Lisa fue incapaz de leer la mayoría de los artículos que hablaban de ello en los periódicos. No podía soportar oírlo cuando se lo contaban. Había conocido el terror de los nazis, había presenciado la *Kristallnacht*, pero jamás habría podido imaginar lo que estaba ocurriendo, en segundo plano, por detrás de las líneas nazis.

La Cruz Roja, la Agencia para los Refugiados Judíos y el ejército estadounidense empezaron a publicar listas de supervivientes de los campos de concentración a medida que eran liberados, trasladados y organizados en campamentos para desplazados.

Lisa acudió en tromba junto con los demás refugiados a las agencias que publicaban las listas. Las páginas eran caóticas y estaban desorganizadas, pegadas a las paredes en salas abarrotadas de gente. Las colgaban tan pronto como los ajetreados trabajadores podían mecanografiarlas, para tratar de arrojar luz en la desesperada búsqueda de los desconsolados parientes.

Lisa acudía a diario para comprobar si se habían publicado nuevas listas y repasaba minuciosamente las antiguas una y otra vez. Al ver que no había ningún Jura en la lista, buscó el apellido de Leo. Había docenas de Schwartz, pero nadie llamado Leo ni Rosie.

♪

Un día, Günter encontró el nombre de su madre en la lista de un campamento para desplazados cerca de Theresienstadt. Se pasó el día enviando telegramas para tratar de ponerse en contacto con ella. Cuando regresó a la residencia, fue tan respetuoso con el dolor de los demás que solo le contó la noticia a Gina, pues pensó que sería egoísta hablar abiertamente de su buena suerte. Sin embargo, la señora Cohen se enteró y corrió la voz, pues pensó que todos debían compartir las pocas alegrías que se producían.

♪

Durante esos primeros meses de búsqueda, Lisa se recostaba a menudo en su cama, se quedaba mirando las fotos de sus padres e intentaba recordar sus rostros. A veces, pero solo en sueños, le parecía ver un atisbo de la expresión de su madre durante la *Kristallnacht*, mientras le limpiaba la sangre de la cara a su padre. Y a veces podía ver la sonrisa que le dirigía Malka cuando tocaban el piano juntas después de la clase con el profesor Isseles.

Yotgadal veyitkadash, «alabado sea el nombre del gran Dios». Cada noche, quienes rezaban en las sinagogas entonaban los nombres de los difuntos.

♪

Un fin de semana por la tarde, una figura familiar atravesó la puerta principal de la residencia. Era Aaron Lewin, cargado con su petate de la Real Fuerza Aérea y con la insignia de teniente. La señora Cohen fue la primera en reconocerlo.

—¡Aaron! Qué alegría verte. ¡Pasa, pasa!

—¿Está Lisa? —preguntó, tan directo como siempre.

—Sí, está en el piso de arriba. Sube, por favor.

—¡Aaron! —gritó Lisa, saltando de la cama—. ¡Cómo me alegro de verte!

Se había quedado asombrada. Aaron parecía tan maduro, tan sofisticado. Lisa le dio un abrazo, pero no pudo evitar sentir cierta distancia entre ellos. No había recibido ninguna carta suya en muchos meses.

—¡Estaba preocupada por ti! ¿Te encuentras bien?

—Nunca me he sentido mejor —respondió él, aunque su cara decía lo contrario—. Parece que este lugar necesita unos cuantos arreglos —añadió, mirando de reojo hacia el cristal agrietado de la ventana—. Tal vez debería ir a buscar la caja de herramientas.

Lisa sonrió y le condujo a la cocina para buscar a la señora Cohen. Sabía que Aaron necesitaría tiempo para aclimatarse.

♪

Pasaron el día juntos. Lisa observó a Aaron mientras este reparaba los cachivaches que necesitaban un arreglo urgente.

Después del almuerzo, Lisa pensó que había llegado el momento de abordar la difícil pregunta que llevaba toda la mañana queriendo formular:

—¿Has tenido noticias de tu familia, de tu madre?

—Mi madre está muerta. Y mis hermanos también —respondió Aaron, sin dar más detalles.

—¿Cómo fue?

—No lo sé. Y no creo que llegue a saberlo nunca.

—Entonces, ¿cómo estás tan seguro de que están muertos?

—Es algo que hay que asumir y punto, ¿no te parece? —repuso con una voz carente de emoción, intentando protegerse del dolor que le causaban esas palabras.

—¿Cómo puedes «asumirlo» sin más? —repuso Lisa, que empezó a sentirse enojada.

—Tienes que ser realista, Lisa. Ya es hora de que lo aceptes. ¿Cuáles son las probabilidades de que alguno de ellos haya sobrevivido?

—¿Se supone que debo perder la esperanza? ¿Es eso lo que me estás diciendo? —inquirió ella, intentando sonar desafiante. Pero perdió fuelle mientras pronunciaba esas palabras. ¿Sería cierto que nunca volvería a ver a sus padres ni a Rosie?

Cuando esa larga tarde de verano estaba llegando a su fin, Aaron le pidió a Lisa que saliera con él al jardín trasero. Se acercaron al seto que separaba la residencia del convento de al lado. Lisa aún tenía el corazón encogido por la espantosa certeza que estaba empezando a embargarla. Aaron permaneció de espaldas a ella mientras decía:

—Me marcho a Nueva York. He conseguido un visado para Estados Unidos.

—Ah —dijo ella, con un gemido involuntario.

Sin darse la vuelta todavía, Aaron prosiguió:

—¿Quieres venir conmigo?

Lisa se quedó callada. Su mundo se estaba haciendo añicos a su alrededor, se estaba enfrentando a la pérdida de todo cuanto amaba. ¿Podría soportar perder a Aaron, aunque supiera que sus sentimientos hacia él habían cambiado? No sabía si tendría la fortaleza necesaria para decir que no.

Cuando Aaron se dio la vuelta, vio el gesto apesadumbrado y pensativo de Lisa y comprendió cuál iba a ser su respuesta.

Una semana después, Aaron fue a la residencia antes de su viaje, cargado con dulces y pasteles. Intentó ser positivo y pensar en el futuro, mientras buscaba, igual que todos los demás, un motivo para seguir adelante. Él había encontrado el suyo en el viaje a Estados Unidos.

¿Y el motivo de Lisa? Ella lo ignoraba. No pudo hacer más que plantarse en las escaleras de la residencia, al lado de Günter y Gina, y decirle adiós con la mano.

Capítulo 25

Gina y Günter formaban una pareja radiante. Por fin había llegado su gran día y lo celebraron en Willesden Lane.

Lisa lució su mejor sonrisa para la feliz ocasión, algo que le resultó más fácil porque, al fin, a su hermana Sonia le habían permitido mudarse a Londres. Se alojaba en un albergue desde la semana anterior. La guerra había terminado y la ciudad estaba a salvo. Sonia estaba entusiasmada por estar cerca de su hermana mayor.

Cuando terminaron de pronunciar los votos, Günter besó a la novia y pisó la copa de champán al grito de «*Mazel tov!*». Después los invitados aplaudieron y comenzó la música.

Aunque seguía sin estar de humor para tocar, Lisa accedió, movida por su sentido del deber, a interpretar el primer movimiento del concierto para piano de Grieg. Mientras las notas de los primeros compases flotaban por el cálido ambiente del exterior, Lisa no pudo evitar pensar en Aaron. El joven había enviado un telegrama de felicitación. Aunque los sentimientos que tenía hacia él ya no eran románticos, Lisa le echaba muchísimo de menos.

Cuando terminó de tocar, Günter brindó por «todos los que no pueden estar presentes hoy aquí», haciendo una mención especial a Paul y a Johnny *King Kong.*

—Recordemos su bondad y mantengamos vivo su recuerdo en nuestros corazones durante el resto de nuestras vidas.

Al percibir la melancolía que proyectaban las palabras de Günter, y como no quería que el ambiente de la boda se enrareciera, la señora Glazer se apresuró a sacar la tarta. Después de que la pareja realizara el corte ceremonial del primer trozo, Günter anunció formalmente lo que ya suponían todos: Gina y él tenían previsto mudarse a Nueva York en cuanto su madre se reuniera con ellos. Lisa abrazó con cariño a sus amigos y se sintió sobrecogida por la tristeza de otra despedida.

♪

Empezaron a llegar niños a la residencia desde los campamentos para desplazados de Europa —adonde fueron conducidos desde el infierno de Bergen-Belsen, Auschwitz y Dachau—, y de nuevo comenzó a escasear el espacio en Willesden Lane. Al contrario que los niños de 1939, aquellos muchachos tenían unos ojos sombríos que habían visto cosas que ni siquiera un adulto podría soportar.

La señora Cohen decidió quedarse. Había encontrado su vocación en la difícil pero gratificante labor al frente de la residencia.

Los mayores se fueron mudando para dejar sitio a los más pequeños, incluida Lisa. Había cumplido veintiún años y, aunque aún le costaba asimilarlo, llevaba ya seis años en Inglaterra, buena parte de ellos en esa habitación que estaba a punto de abandonar.

Se había decidido que Lisa se mudara a casa de la señora Canfield. Su hijo había muerto por un proyectil de mortero mientras le vendaba las heridas a un soldado, y la señora Cohen le preguntó a Lisa si quería irse a vivir con la desconsolada mujer. Al recordar su generosidad durante el bombardeo de la residencia, Lisa estuvo encantada de devolverle el gesto.

Sonia, que había cumplido los dieciocho, ocuparía la litera de Lisa. Su hermana no estaría bajo el mismo techo, pero sí al doblar la esquina. Ayudó a Lisa a terminar de vaciar sus cajones, a doblar las docenas de fulares que tenía y a guardar sus abalorios en una bolsita de terciopelo.

Por último, pues las había reservado para el final, Lisa recogió sus posesiones más preciadas —las fotos de sus padres y el bolso plateado de su abuela— y las guardó con gesto reverencial encima de la ropa. Después cerró la maleta y, con ella, un largo capítulo de su vida.

Lisa salió del número 243 de Willesden Lane cargada con dos maletas y bajó lentamente por la calle hasta la casa de la señora Canfield. La mujer iba vestida de luto y la abrazó con afecto cuando llegó ante su puerta.

—Esta casa ha estado muy silenciosa todo este tiempo. Ha echado en falta tu presencia.

Tal y como había hecho unos años antes, Lisa deshizo su equipaje en la habitación del hijo de la señora Canfield. La foto suya que había sobre la cómoda estaba rodeada ahora por un lazo negro.

♪

Una semana después de la marcha de Lisa, la señora Cohen recibió una llamada que le levantó muchísimo el ánimo.

En medio de la riada de desastres que asolaba la comunidad, había llegado una pequeña oleada de buenas noticias que sin duda servirían de aliciente para dos de sus queridas pupilas.

Colgó el teléfono, salió corriendo por la puerta y bajó por la calle a toda velocidad. Estaba jadeando cuando llegó a Riffel Road.

—¡Lisa, Lisa! ¡Tienes que llamar al señor Hardesty enseguida!

—¿Qué? ¿Qué pasa? —exclamó ella.

—Tienes que llamar al señor Hardesty enseguida —repitió la mujer, que cogió el teléfono de la señora Canfield y marcó el número por ella.

♪

Cinco largos días después, el señor Hardesty recogió a Lisa y a Sonia en coche y las llevó a la estación de Liverpool para esperar la llegada del tren de las 14:22.

Lisa y Sonia aguardaron una eternidad hasta que el convoy se detuvo. Cuando se abrieron las puertas, apareció un grupo de refugiados exhaustos con el rostro macilento y ojeroso. Lisa los observó mientras bajaban al andén y se acercaban hacia donde estaba ella. Aguzó la mirada para distinguir algo entre la fila de personas harapientas que se aproximaban envueltas en abrigos gruesos y anticuados. Empezó a temblar, imaginando que estaba viendo a los fantasmas de sus vecinos de Franzensbrückenstrasse.

Cuanto más aguzaba la mirada, más temblaba, y Sonia tuvo que pasarle un brazo por los hombros para serenarla.

Al cabo de otra eternidad, vieron una mano extendida que ondeaba en su dirección y oyeron una voz familiar que gritaba desde el otro lado del andén:

—¡Lisa! ¡Lisa! ¡Sonia! ¡Sonia!

Sonia empujó a su hermana hacia delante, y de entre la masa de gente emergió una mujer guapa y delgada que corría con todas sus fuerzas. Era Rosie. ¡Era Rosie, al fin! Las tres hermanas se fundieron en un abrazo.

Repitieron a voces sus nombres —«¡Rosie, Sonia, Lisa!»— una y otra vez.

Cuando Lisa apartó finalmente los ojos de su hermana, miró a Leo, que estaba aguardando pacientemente su turno para abrazarlas. Lisa le agarró por la cintura y estuvo a punto de tropezar con una niña de cuatro años que la miraba con asombro.

Lisa se quedó patidifusa.

—Esta es nuestra pequeña Esther —explicó Rosie—. ¿No es una monada?

Después, dándose la vuelta hacia la niña, añadió:

—Esther, estas son tus tías, Lisa y Sonia.

Lisa tenía los ojos tan cubiertos de lágrimas que apenas podía ver nada. Sonia se agachó y le dio un beso a la pequeña.

Fueron al mismo restaurante de la estación donde Lisa llevó a Sonia tanto tiempo atrás. Los años de la guerra habían acabado con las reservas de manteles blancos, mientras que las elegantes teteras se habían fundido para fabricar piezas de aviones. La cafetería había perdido buena parte de su elegancia, pero a nadie parecía importarle.

Leo estaba deseoso de contarles a las dos hermanas cómo habían logrado sobrevivir Rosie y él durante los últimos años. Relató la historia de su huida de Viena como turistas ebrios, el viaje hacia la libertad en París, después la caída de Francia a manos de Hitler y la consiguiente huida.

—¡Nos pasamos la vida huyendo! —explicó Rosie.

—Salvo cuando nos recluyeron en un campo de internamiento a las afueras de Lyon —intervino Leo.

—Leo siempre encontraba un modo de escapar —dijo Rosie con orgullo—. Y hubo mucha gente que nos ayudó a escondernos. Hasta que tuve el bebé.

Lisa y Sonia estaban mirando con tanto cariño y admiración a su hermana mayor que se habían quedado sin palabras.

—¿Y qué pasó luego? —preguntó Lisa.

—Cuando Rosie estaba embarazada de nueve meses nadie quiso alojarnos, así que tuvo que dar a luz en las calles de Marsella. Después seguimos huyendo hasta que llegamos a la frontera con Suiza.

—Leo tuvo que levantarme a pulso por encima del alambre de espino —añadió Rosie—. Había nazis disparándonos desde el lado francés. Justo después de lanzar a Esther a los brazos de un guardia suizo, le dispararon.

—Solo fue en la pierna —dijo Leo.

Sonia empezó a llorar.

—Jamás perdimos la esperanza de volver a veros —susurró Rosie.

Entonces cambiaron las tornas: Rosie y Leo estaban deseando saber qué había sido de las vidas de Lisa y Sonia desde que se separaron. Cuando Lisa les habló de su beca, Rosie cogió a su hija de la mano y le dijo:

—Tu tía Lisa es una pianista maravillosa, igual que tu abuela...

Finalmente, Lisa tuvo que hacer la pregunta que llevaba esperando a formular desde el momento en que su hermana se bajó del tren.

—Rosie..., ¿tienes alguna noticia de mamá y papá?

Rosie miró a su hermana con lágrimas en los ojos.

—No respondieron a ninguna de nuestras cartas... No sabemos nada. —Y añadió con tristeza—: Entonces, ¿vosotras tampoco tenéis noticias?

—No —respondió Lisa—. No sabemos nada.

No pudieron seguir hablando de ello, resultaba demasiado doloroso. Rosie miró a sus dos hermanas pequeñas.

—Mamá se sentiría muy orgullosa de vosotras —susurró—. Y tú, Lisa, ya sabes lo que tu música significaba para ella... y para todos nosotros... ¡Mira!

Rosie se agachó y desabrochó los botones del abrigo de Esther. La niña llevaba al cuello la cadenita con el diminuto colgante con forma de piano.

—¿Lo tienes tú? —exclamó Lisa, sorprendida.

—Se lo di a Rosie cuando partí a bordo del tren —explicó Sonia—, igual que tú me lo diste a mí...

Rosie rodeó a Sonia con un brazo y le dijo a Lisa:

—Y yo no me lo quité ni un segundo, hasta que se lo di a Esther.

Embargada por la emoción de ver ese diminuto colgante alrededor del cuello de su sobrina, Lisa sintió que el muro que había construido alrededor de su música comenzaba a ceder. La promesa olvidada que le había hecho a su madre resonó en su corazón.

Retomó los ensayos con un fervor que sorprendió incluso a la señora Floyd. Practicó a diario desde que se levantaba hasta que la Real Academia cerraba sus puertas por la noche, canalizando toda su energía y su pasión en los preparativos. Y es que, ¿cómo podría la siguiente generación conocer la música, esa que tanto amaba Malka, si Lisa no cumplía su promesa?

Capítulo 26

Lisa se sentó con nerviosismo ante el espejo del camerino del Wigmore Hall e intentó no moverse mientras su hermana le pintaba una línea marrón por encima de las pestañas.

—¡Perfecto! ¡Eres clavadita a Rita Hayworth! —dijo Rosie, mientras daba los últimos retoques.

A continuación, Rosie revisó su propio maquillaje en el espejo. El rostro de la hermana mayor había recuperado su vitalidad y su color; parecía tan sofisticada como Lisa la recordaba.

Pero era Lisa la que resplandecía ataviada con su vestido rojo cuando se levantó y alisó las costuras de sus medias de seda, mientras intentaba serenar su acelerado corazón.

Sonia entró corriendo en el camerino desde el escenario, donde se había asomado entre bastidores para observar al público.

—¡Está lleno casi a rebosar! —exclamó con entusiasmo.

—¡No salgas ahí! Te van a ver.

—¡De eso nada!

—¡Claro que sí! —insistió Lisa.

—Relajaos, chicas, me estáis poniendo nerviosa —dijo Rosie.

♪

El auditorio se estaba llenando rápidamente. Rosie había invitado a todo el mundo: a la gente que se cruzaba por la calle, al carnicero de la esquina... Y, por supuesto, los alumnos y el profesorado de la Real Academia también estarían presentes.

Rosie había insistido en que Lisa invitara a ese amable soldado francés cuya dirección se encontró en la mesilla de noche de su hermana. Ella sabía que no acudiría, pues había pasado casi un año desde su encuentro, pero no pasaba nada por intentarlo.

La señora Cohen había organizado una cena temprana para todos en la residencia, de modo que pudieran llegar al centro de Londres a las siete en punto.

Lisa no paraba de pensar en todo lo que había cambiado desde sus fantasías infantiles de tocar delante de la realeza vienesa. En lugar de esos sueños adolescentes, intentó concentrarse en el público que la esperaba allí, compuesto por la buena gente de Inglaterra.

Sus hermanas le desearon suerte una última vez y la dejaron sola. El silencio se asentó en la sala, el telón comenzó a subir.

Lisa salió con elegancia al escenario y fue recibida por una ronda entusiasta de aplausos cuando se sentó ante el imponente piano de cola.

Con un gesto sutil puso fin a la ovación. Cuando todo el público se quedó en silencio, Lisa esperó unos segundos hasta que la expectación resultó casi insoportable, después inspiró hondo y se recluyó en sí misma. Cuando sintió que el público desaparecía, levantó las manos formando un grácil arco y empezó a tocar.

Arrancó con la *Pathétique* de Beethoven y tuvo el valor de comenzar tocando bajito, tal y como su madre le había aconsejado a menudo. Empezó a narrar su historia con el pasaje *pianissimo* que evocaba la desgarradora separación de su familia durante los últimos seis años. La melodía dejó paso a unos acordes atronadores que aludieron a los años de resistencia desafiante frente a los ataques nazis. Lisa buscó en su interior y encontró las tonalidades y los matices necesarios para expresar el peso de su añoranza y la grandeza de sus triunfos.

Conforme aumentaba la intensidad, Lisa transmitió su plegaria desde el escenario hasta los corazones de la gente que se había reunido allí. La belleza de la música se introdujo en sus almas, ya fueran refugiados o abogados, trabajadores textiles o pilotos de la RAF, estibadores o héroes de la Resistencia, y los guio a través de sus emociones más profundas e inexpresables.

A la señora Cohen se le humedecieron los ojos al recordar a su esposo y a su hermana, seguramente fallecida. Hans experimentó una alegría más grande que todas las que había compartido con Lisa en el sótano, mientras la música aportaba calidez a su oscuridad.

A través de la sencilla y solemne melodía del *Nocturno en do sostenido menor* de Chopin, la señora Canfield afrontó la pérdida de su hijo, John, y percibió en la música el heroísmo de su servicio como médico. En la mente de la mujer, Lisa narró con esos regios acordes la historia de su hijo, deslizando las manos sobre el teclado mientras hacía que esas notas nostálgicas evocaran la vida de aquel joven caído, pero nunca olvidado.

Gina y Günter se abrazaron con fuerza y pensaron con entusiasmo en su futuro, mientras se regocijaban con la pasión que Lisa estaba insuflando en su interpretación.

La señora McRae, el señor Dimble, la señora Floyd y el señor Hardesty, cada cual a su manera, experimentaron unos sentimientos que jamás podrían expresar con palabras. Lisa avivó sus recuerdos, la melodía evocó las historias de muchas personas en aquel Londres asolado por la guerra.

Lisa revivió sus propias alegrías y sus tragedias, el horrible viaje hasta Londres y su paso a la edad adulta. Lloró la pérdida de sus padres con el trágico tañido de las campanas del preludio de Rajmáninov. A partir de su majestuosa progresión de acordes, construyó un himno de gratitud hacia el amor de sus progenitores, hacia su entrega y dedicación, hacia todos los padres que habían tenido el valor de salvar a sus hijos diciéndoles adiós.

Cuando ya se habían derramado suficientes lágrimas entre el público, Lisa abordó la pieza final, la heroica polonesa de Chopin. Era la especialidad de Lisa, y su atronadora exuberancia levantó el ánimo de todos los presentes a medida que filas y filas de personas con los ojos humedecidos revivían sus momentos de mayor orgullo y valentía: su coraje ante los bombardeos, su determinación inquebrantable, su victoria final.

Tras muchos segundos de silencio y asombro, el público rompió en una enérgica ronda de aplausos. Lisa se levantó y los vítores aumentaron. Ella miró al público e hizo una reverencia tras otra antes de abandonar el escenario y la gloria de los focos.

♪

La escena que tuvo lugar en el camerino fue absolutamente caótica. Acudió una horda de gente que incluía a todos los niños de la residencia —que le estrecharon la mano a Lisa uno por uno—, a diez mujeres de la fábrica, al señor Hardesty y el personal de la Agencia para los Refugiados Judíos, a la señora Canfield y cinco correligionarios cuáqueros y, por su puesto, a Sonia, Rosie, Leo y Esther.

Después llegó Mabel Floyd, acompañada de un elegante promotor teatral que felicitó efusivamente a Lisa y alzó la voz para hacerse oír entre el griterío:

—¡Tu profesora me ha dicho que tocas una versión maravillosa del concierto para piano de Grieg!

Hans se sentó cerca de Lisa y se dejó envolver por el sonido de las felicitaciones, mientras asentía satisfecho con la cabeza. A su lado estaban Gina y Günter. Cuando los niños de la residencia, que formaron una fila improvisada para saludar a Lisa, terminaron de hacerlo, la señora Cohen les pidió que aguardaran un momento para que ella también pudiera felicitarla.

La encargada de la residencia observó a esa elegante jovencita del vestido rojo mientras daba las gracias a su público y sacó un pañuelo bordado. Aquella escena tan enternecedora había provocado que se le saltaran las lágrimas.

—¿Cuándo ha ocurrido esto? ¡De repente habéis dejado de ser niños! —exclamó.

Lisa, Gina y Günter la agarraron de la mano.

—Lo seguimos siendo —dijo Lisa—. Siempre seremos los niños de Willesden Lane.

Junto a la puerta que daba al escenario, detrás de otro grupo de admiradores, se encontraba un apuesto soldado de la Resistencia francesa que llevaba una discreta medalla en la solapa de su uniforme. Estaba esperando a que la multitud se dispersara y llevaba en la mano una docena de rosas rojas.

Rosie fue la primera que lo vio y, al deducir su identidad, lo condujo hasta su radiante hermana. Lisa no podía creer lo que veían sus ojos; había intentado olvidar la imagen de aquel soldado tan guapo, pues le parecía imposible que volvieran a verse alguna vez.

El soldado se apoyó las manos sobre el corazón, tal y como hizo aquella vez en el hotel, para demostrarle lo mucho que le había gustado su interpretación. Después le entregó las rosas con una tarjeta que decía: «De un ferviente admirador, Michel Golabek».

Lisa le cogió de la mano y lo condujo hasta el grupo de amigos que habían formado un ceñido círculo a su alrededor. Con los ojos cubiertos de lágrimas, contempló a esas personas que para ella eran lo más importante del mundo: Gina, Günter, Hans y la señora Cohen; sus preciosas hermanas, Sonia y Rosie, con Leo y Esther justo detrás; y, por último, ese apuesto desconocido que el instinto le decía que acabaría formando parte de su futuro.

Entonces, entusiasmada por el cariño y la admiración que le profesaban, Lisa percibió de pronto una presencia adicional y la embargó un fuerte sentimiento de cercanía con su madre. Fue como si Malka la estuviera observando desde las alturas. Su corazón se llenó de alegría cuando comprendió que lo había logrado. Había cumplido la promesa que le había hecho a su madre. Se había aferrado a su música.

Epílogo

Aaron se mudó a Estados Unidos, se casó y se convirtió en un próspero hombre de negocios. Günter y Gina también emigraron allí, donde vivieron felices juntos durante más de cincuenta años. Hans se quedó en Inglaterra, obtuvo su título de fisioterapeuta y ganó numerosos campeonatos nacionales de ajedrez para personas ciegas. Tras el cierre de la residencia de Willesden Lane, la señora Cohen se fue a vivir con su hijo hasta que falleció a los setenta años.

Durante el otoño de 1949, Lisa Jura obtuvo un visado que le permitió emigrar a Estados Unidos. Michel Golabek, que se había convertido en uno de los oficiales judíos más condecorados de la Resistencia francesa, se reunió con ella poco después. Se casaron en Nueva York en noviembre de 1949. Más tarde se mudaron a Los Ángeles para reunirse con Rosie y Leo, que se habían asentado allí, y al cabo de un tiempo se sumaron Sonia y su marido, Sol. Las hermanas permanecieron en contacto diario durante el resto de sus vidas.

En 1958, Lisa Jura recibió una carta de un primo residente en Israel que le contaba lo que les había ocurrido a Malka y a Abraham. Aquel pariente había recibido la última comunicación conocida de Abraham, una carta que había sido escrita en enero de 1941 y que fue reenviada por diversos rincones del mundo hasta llegar a Palestina.

Abraham contaba que estaban a la espera de ser deportados y le hacía un ruego a su primo con estas palabras: «Nosotros no tenemos esperanza..., te ruego que cuides de nuestras queridas hijas».

El 14 de abril de 1941 fueron arrestados por la Gestapo, arrancados de su hogar en Franzensbrückenstrasse y deportados a Lodz. Desde allí fueron enviados a Auschwitz.

♪

Lisa Jura tuvo dos hijas, Mona y Renée, que al crecer cumplieron el sueño de su madre de convertirse en concertistas de piano. Hasta el día de hoy, Mona sigue contando la historia de su madre en escenarios de todo el mundo.

Las tres nietas de Lisa —Michele, Sarah y Rachel— también tocan el piano. Su nieto, Yoni, toca el violín.

En junio de 1999, las hijas y las nietas de Lisa fueron invitadas a actuar en la 60.ª reunión mundial del *Kindertransport* en Londres. Tras interpretar *Claro de luna* para la BBC, Michele y Sarah le dieron las gracias al pueblo británico por salvarle la vida a Lisa y repitieron las valiosas palabras que les había transmitido su abuela y profesora de piano: «Aferraos a la música. Será vuestra mejor amiga».

Y lo sigue siendo.

CONTENIDOS ADICIONALES

Rosie, Malka, Abraham y Lisa Jura, 1925

Lisa y Sonia, 1938

Lisa a los catorce años

La foto que Malka le dio a Lisa

Los niños
de Willesden Lane,
1943

Lisa y Michel Golabek, 1948

Entrevista con la autora

¿Por qué quisiste contar la historia de tu madre?

Cuando era pequeña, me enseñó a tocar el piano y fue una experiencia extraordinaria. En el fondo no eran lecciones de piano, sino sobre la vida en general. Por ejemplo, estábamos ensayando una sonata de Beethoven y de repente me decía: «Mona, ¿te he hablado de aquella vez en que Johnny *King Kong* me leyó sus poemas durante un bombardeo nocturno?». Entonces pasábamos a un nocturno de Chopin y, sin previo aviso, me decía: «¿Y te he contado cuando Aaron me silbaba el concierto para piano de Grieg para consolarme?». Y yo pensaba: «¿Quiénes serán esos personajes tan asombrosos?».

Un día, cuando tenía treinta y tantos años, me contrataron para interpretar el concierto para piano de Grieg con la Orquesta Sinfónica de Seattle. Y yo pensé: «Vaya, esta es la pieza que los niños silbaban cuando veían a mi madre paseando por Willesden Lane. Esta es la pieza que cuenta la historia de su vida». Entonces supe que tenía que contar sus vivencias. Creía de todo corazón que, si conseguía que la publicaran, tendría la oportunidad de inspirar a muchas personas a través de los poderosos mensajes que contiene esta historia.

¿Es posible expresar con palabras cómo la música contribuyó a la supervivencia de tu madre?

Mi madre me contaba que mi abuela, la mujer a la que debo mi nombre, le hizo el mejor regalo que podría haberle hecho en la estación de tren de Westbahnhof en Viena, cuando la montaron a bordo del *Kindertransport* y la sacaron de la ciudad para salvar su vida. Mi abuela miró a mi madre y le dijo: «Tienes que prometerme que te aferrarás a la música. Deja que se convierta en tu mejor amiga».

Esa frase le sirvió de guía a través de ese periodo tan oscuro.

Mi madre acabó viviendo en una residencia judía situada en el distrito norte de Londres y me contó cómo la música se convirtió en un foco de esperanza e inspiración para los treinta niños que se alojaban allí. La música les recordaba lo que habían dejado atrás y lo que habían perdido.

¿Qué fue de tu madre después de que emigrara a Estados Unidos? ¿Dio algún concierto?

Dio algunos conciertos, pero puso toda su alma y su pasión en mi hermana, Renée, y en mí. También impartió clases de piano a varios centenares de alumnos.

¿En qué sentido crees que las experiencias de tu madre —el Kindertransport, *la estancia en Willesden Lane, la pérdida de sus padres— la afectaron en su vida?*

Esas experiencias la volvieron muy fuerte, aunque también muy sensible a los padecimientos y las pérdidas de los demás. Alimentaron su determinación por convertirse en una mujer de provecho, para así honrar la memoria de sus padres.

¿Qué hizo tu padre, Michel Golabek, durante la guerra? ¿Y qué hizo cuando llegó a Estados Unidos?

Mi padre, que había nacido en Polonia, luchó en la Resistencia francesa durante la guerra. Fue uno de los oficiales judíos más condecorados de la Resistencia; recibió incluso la Cruz de Guerra de manos del general Charles de Gaulle. Cuando vino a Estados Unidos, realizó toda clase de trabajos para sobrevivir. Con el tiempo ahorró dinero y compró una fábrica de ropa deportiva para hombres. Le fue bien y compró también algunos inmuebles.

¿Qué supuso para ti no tener abuelos y saber lo mucho que sufrieron?

Es difícil añorar lo que nunca has conocido. Pero, a veces, a medida que me hacía mayor, envidiaba a otros niños que tenían unos abuelos maravillosos. Me imaginaba cómo habría sido Malka, mi abuela. Pero, sobre todo, me sentía triste por mis padres y por las pérdidas que padecieron a una edad tan temprana.

¿Cuántos años tenías cuando tu madre empezó a hablarte de sus experiencias en el Kindertransport*?*

Tenía siete años. En cierto modo, era como un cuento de hadas extraño. Mi madre me contaba esas historias durante las clases de piano que me daba. Siempre me decía que toda pieza musical cuenta una historia y que eso había sido lo que le salvó la vida.

En 1999, tu hermana Renée y tú actuasteis en la sexagésima reunión de los niños del Kindertransport *en Londres. ¿Cómo fue la experiencia?*

Fue maravillosa. Alrededor de mil personas acudieron al evento. Lo más emotivo fue que mi sobrina Sarah, que por entonces creo que tenía nueve años, le dijo al público con su vocecilla infantil: «Les doy mi palabra de que les hablaré de ustedes a mis hijos, para que nunca caigan en el olvido». Esa es la clave del asunto: ¿quién contará sus historias cuando ellos ya no estén?

¿Tu madre siguió en contacto con otros niños de la residencia?
Sí, se escribió con muchos de ellos y a veces hablaban por teléfono. A lo largo de los años se vieron en alguna que otra ocasión. Cuando debuté en Londres, muchos de los antiguos niños de la residencia se sentaron en primera fila y vitorearon a la hija de Lisa, ¡que había regresado a Inglaterra para completar el sueño!

¿Tuviste ocasión de conocer a alguno de ellos?
Sí, conocí a Aaron, a Gina, a Günter y a Hans. También a Ricky, el hijo de Gina y Günter. Éramos hijos de refugiados y conocíamos las historias de nuestros padres.

¿Qué hicieron Sonia, Rosie, Leo y Esther en Estados Unidos?
Todos vivían muy cerca unos de otros en Los Ángeles. Las familias se apoyaron entre sí a lo largo de los años. Leo trabajaba con mi padre en la fábrica. Su hija Esther, cuando se hizo mayor, pasó a dirigir el coro de su sinagoga. Sonia tuvo dos hijos y vivía a un par de manzanas de mi madre.

¿Llegaste a conocer a la señora Cohen, al señor Hardesty o a la señora Canfield?
No, murieron antes de que tuviera la ocasión. Pero sí conocí a Hans, el hijo de la señora Cohen, cuando regresé a Londres para actuar en la reunión del *Kindertransport*. Fue increíble. Hans, Renée y yo paseamos por Willesden Lane

mientras él compartía con nosotras sus recuerdos sobre la residencia y sobre nuestra madre.

¿Tu madre sigue viva?

No. Perdí a mi madre en 1996. Pero quiero creer que desde alguna parte ha escuchado las palabras de miles de estudiantes de Estados Unidos que nos escriben para compartir sus relatos, sus poemas, sus dibujos y sus vídeos.

Fundaste la organización Hold On to Your Music (Aférrate a la Música) para contar la historia de tu madre a profesores y alumnos. ¿Qué conocimientos tienen los estudiantes del país sobre lo que ocurrió durante el Holocausto?

Muchos de los alumnos que leyeron el libro no están familiarizados con el Holocausto. Sin embargo, todos reaccionan de un modo muy intenso a temas tan universales como «la inhumanidad del hombre contra el hombre» y los horrores del Holocausto. Lo relacionan con acontecimientos del mundo actual y con las dificultades que encuentran en sus propias vidas. Todos los alumnos reaccionan ante la lucha de Lisa para sobrevivir entre tanta pérdida, aferrándose a la música para que le conceda fortaleza en uno de los periodos más oscuros de la historia.

Muchos hijos de supervivientes hablan de lo mucho que se esfuerzan por conseguir grandes logros porque sienten la necesidad de «compensar» de alguna manera a todos aquellos parientes que murieron durante el Holocausto. ¿Eso se aplica también en tu caso?

¡Desde luego! Creo que es muy cierto. Todos sentimos una carga enorme sobre nuestros hombros para hacer algo con nuestras vidas, para conseguir hacer algo relevante, para disipar el dolor que nuestros padres albergan en sus corazones.

La fundación Hold On to Your Music,
una institución sin ánimo de lucro, ha organizado
una serie de lecturas de este libro a lo largo
de Estados Unidos que ha emocionado, inspirado
e instruido a miles de estudiantes. Ha donado
ejemplares de Los niños de Willesden Lane
a profesores, alumnos y escuelas. La colaboración
con los maestros, las actividades en el aula y los proyectos
creativos independientes culminan en fabulosas
actuaciones gratuitas por parte de la autora
Mona Golabek, hija de Lisa Jura. Puedes encontrar
más información sobre la fundación en internet:
www.holdontoyourmusic.org